Pour ta tirelire, gamine

DU MÊME AUTEUR

L'entreciel, *nouvelles, L'Harmattan, 2010*
Le livre des jours, *récit, Books on Demand, 2012*
Blockhaus atlantique, *théâtre, Books on Demand, 2013*

© Marie Gerlaud, 2020

Editions : Books on Demand,
12/14 rond-point des Champs Elysées, 75008 Paris, France
Imprimé par Books on Demand GmbH, en Allemagne
à Norderstedt

Dépôt légal : Avril 2020
ISBN : 9782322207572

Marie Gerlaud

Pour ta tirelire, gamine

roman

Un jour ou l'autre, ils m'auront. Ça en sera fini du cabanon, ils m'emmèneront loin d'ici. Que peuvent-ils comprendre ? Que leur importe, ils m'emmèneront sans s'embarrasser de comprendre. Pourtant, si je le veux, quand je suis en forme, une féérie dans le cabanon ! Une volière où les oiseaux viennent pêcher des étoiles. Je n'ai qu'à ciller des yeux canari, perruche, moineau, mésange. Venez, venez, mes beaux ! Quand je suis en joie, rossignol, martin-pêcheur, loriot. Vite, vite, accourez ! Bleu tendre pour la mésange, vert Amazonie pour la perruche, les pitreries taquines du moineau. Le canari m'adresse un clin d'œil en s'époussetant l'aile. Je peux convoquer des oies, des pintades, des poules de Chine, des divas à plume pour un opéra de caquètements. Je parle avec mes oiseaux, je leur explique la situation. Un jour, ils m'auront, c'est certain. Des oiseaux ? Parfaitement, si je le souhaite, les oiseaux arrivent par milliers au cabanon. Ils n'ont même pas remarqué l'absence des oiseaux en ville ! Moi, les oiseaux m'emplissent les yeux, ils ravissent mon cœur. Les blouses blanches ne voient pas mes oiseaux. Leurs ailes déployées ? Un éventail bariolé dans les mains d'une Andalouse sur une place baignée de soleil. Ils m'arracheront du cabanon. Quand j'en ai envie, il suffit d'un miroitement de lumière et hop, des gitanes dansent le flamenco ! Elles tapent du pied à faire s'écrouler leurs bidonvilles, des oiseaux d'or imprimés sur leurs robes. Ils ne voient pas les gitanes. Ils m'emmèneront. Fini les fêtes et les danses au cabanon. Ils ne comprennent rien. Et si je veux parler à un torchon suspendu à un clou ! Serait-ce interdit ? Un jour ou l'autre, ils m'auront, c'est certain. Le torchon, lui, a de l'obligeance, il voit la sueur me perler au front malgré le froid piquant, s'il le pouvait, il se dépendrait pour venir l'essuyer. Cessez de vous agiter, vous êtes parvenue à rentrer.

Il a raison, je m'en suis sortie pour cette fois. Il reste que je me suis bel et bien fait prendre au piège, me laissant mener toute volonté débandée de quoi alimenter mes craintes les pires. La dame de l'Association a pu m'entrainer, vieille poupée de chiffon, je n'ai pas regimbé une seconde. Son bras accroché au mien elle m'incitait à avancer. Voilà, voilà, madame, ça va aller. Tout en me guidant vers une porte que je n'avais jamais remarquée. Il a fallu qu'elle se referme derrière moi pour que j'en découvre l'existence. Et encore, pas dans l'instant. Peut-être, la dame a dû légèrement me soutenir, parce que je ne me souviens pas que mes jambes m'aient portée. J'étais à autre chose. Les jambes perdues dans le pantalon mes pieds ne touchaient plus le sol. Les chaussettes tire-bouchonnées sur les chevilles, dissimulées par le pantalon. Je ne veux pas qu'on voie mes chaussettes en bas des mollets. Des mollets de squelette. Enfant, c'était déjà ainsi. Je détestais cette jupe écossaise avec des carreaux trop grands pour moi. La laine me grattait affreusement. Ma mère : Mange, j'ai honte quand tu es avec moi. Comme si je ne te nourrissais pas ! Les jambes flottaient dans le pantalon qui flottait au bras de la dame de l'Association. Flottant ainsi, je n'ai pas réalisé qu'elle m'emmenait. Je fais pourtant tellement attention pour ne pas risquer de tomber entre leurs mains. Mais là, mon esprit m'a manqué. Sans doute la chaleur. La fatigue aussi. Quand la dame de l'Association est sortie de derrière le comptoir, moi, tout ce qui m'est apparu était qu'elle portait une jupe écossaise avec des carreaux bien proportionnés qui lui allait parfaitement, qu'elle avait de belles jambes sous des collants clairs. C'était la première fois que la dame prenait corps. Elle était soudain dotée de traits précis, alors que je n'avais jamais vu en elle autre chose qu'un sourire, et une paire de mains auxquelles est suspendu le cabas avec les provisions pour la semaine. D'habitude, je fixe le cabas du regard. Est-ce que je pourrai le porter tout le long du trajet ? Mais au lieu de me le tendre elle m'a posé la main sur le bras. Dans le mouvement, l'or de son alliance m'a griffé les yeux. La dame est mariée. Je me fiche parfaitement qu'elle soit mariée, veuve ou vieille fille. Cependant, je préfère qu'elle reste « la bonne dame de l'Association ». Elle remet le paquet pour la semaine, je ne veux rien connaître d'elle, et réciproquement. Puisque je suis contrainte de venir la voir. Les mercredis l'hiver.

Sans doute, me suis-je complètement abandonnée, appuyée à son bras. Lorsqu'elle l'a retiré de sous le mien pour me livrer à la doctoresse, la nécessité subite de devoir me tenir par moi-même m'en a coupé le souffle. Un tremblement de terre. Sauf que ce n'étaient pas des secousses sismiques. Simplement les violentes contractions de mes artères peinant pour acheminer le sang au cœur. J'ai dû produire un effort si considérable pour ne pas glisser au sol, mes nerfs s'en sont crispés le long de la colonne vertébrale, jusqu'à la nuque, avec des piques de décharges électriques dans le crâne. Et maintenant, je me sens percluse des pieds à la tête. Dieu sait si je ne suis pas tombée sans en avoir gardé le souvenir. Pourtant, non, une chute aurait provoqué une histoire. Or, il n'y a rien eu de la sorte. Il m'a quand même fallu un certain temps pour récupérer quelques facultés. Quand j'ai enfin réagi au bruit de la porte se refermant, il me semble que cela faisait déjà plusieurs secondes qu'elle était close sur moi. C'était le moment de protester et de m'en retourner. Mais avec mon corps encore tout ébranlé de faiblesse, avant que l'idée de partir ne me vienne à l'esprit, j'étais fixée sur place, accrochée par les yeux à la blancheur de la blouse. J'avais oublié qu'un vêtement put être d'une telle blancheur. Si je tends la main pour recueillir un flocon de cette écume tout s'évanouira à mon contact. Tandis que les mouettes rient aux éclats en jouant dans les rubans de la pure dentelle océane. Elles ont mis leurs robes de communiantes, blanches, si blanches. Surtout ne pas faire de taches. Enfouir les taches de sang dans la poubelle plutôt que dans la corbeille à linge moins de risque qu'elles soient découvertes. Ce n'est arrivé qu'une seule fois, juste le jour où toutes les filles défilaient dans l'église. J'ai eu si peur, cela n'a plus jamais recommencé. Sonnée par la blancheur de la blouse, je dévale la pente des années. Trempée jusqu'à la moelle, je suis projetée sur la grève stérile de ma vie. Une telle blancheur me malmène je me sens roulée en tous sens, une guenille dans une machine à laver le linge. Par le hublot, je devine qu'on me pose des questions, mais le fracas de l'eau m'empêche de les comprendre. Tchlap! Tchlap! Mon cerveau en est au prélavage. Mon crâne vient cogner contre les parois du tambour. Plongée dans mon bouillon de crasse, des bulles me sortent par le nez pour exploser à mon visage. D'autres éclatent dans ma bouche. Je dois présenter la face d'un monstre grimaçant. Elle va me prendre pour une folle. Je suis fichue. Elle va appuyer sur la sonnette. Tu n'as pas honte? Si maman. Si. J'ai honte. J'avais oublié le mot, mais c'est sûrement ça. Seule, au cabanon, je vis avec peu de vocabulaire. Je pense lentement. Les idées prennent des chemins de traverse, je vais avec. À petits pas. Je les perds et les recouvre par hasard. Ce sont des compagnes tantôt distrayantes, tantôt insupportables. Je dois m'en accommoder. Je les chasse parfois, elles reviennent en catimini. La blouse est si impeccablement blanche. Devant elle, les couleurs s'éteignent, le monde ne m'apparait plus que gris sale ou blanc. Ils vont m'emmener si je ne retrouve pas mes couleurs. Au moins une ! Pour différer l'instant où la blouse blanche appuiera sur la sonnette. Bleu. Qu'est-ce qui est bleu ? Facile ! Le ciel. Bleu comme le ciel du temps où je filais vers l'horizon.

En me rendant à l'Association, tout à l'heure, le ciel n'était pas bleu. Il était d'hiver coincé entre les toits d'immeubles sans un rai de lumière. Je n'ai pas levé les yeux sur lui. Je ne le regarde jamais quand je marche en ville. Je surveille les dangers or les dangers ne viennent pas d'en haut. Toutefois, oui, c'est une idée, essayons de penser au bleu du ciel bleu au printemps. Ayant retrouvé un peu d'aplomb, je brandis ma couleur à la tête de la femme médecin, et j'affirme tout à trac qu'au printemps le ciel est de marbre bleu ! Cela me rappelle qu'il existait de la lessive bleue. Pas exactement bleue. Blanche avec des pointes de bleu. Sur le paquet, il était écrit « lessive ultra blanche ». Si c'était le moment, je chercherais à me souvenir de sa marque rien ne dit qu'elle ne finirait pas par me revenir ! Ce n'est pourtant pas une bonne idée de penser à la lessive, ce n'est pas ça qui va m'aider à sortir d'ici. Passer d'urgence à une seconde couleur. Par exemple la couleur de la pluie tombant sur le toit du cabanon. Quelle est la couleur de la pluie ? Variable. Parfois, elle est sinistre, mais elle peut être légère aussi. Un jour teinté de pluie, très tôt le matin, par un chemin dans la campagne, saison indéterminée, m'en allant chercher des escargots avec mamie Marcelle. Les escargots sortent-ils l'hiver ? Je ne peux tout de même pas interroger la blouse sur les habitudes des escargots. Non, c'est impossible aussitôt, elle appuierait sur une sonnette et d'autres blouses apparaîtraient de toutes parts pour m'emmener. Je dois avoir cinq ou six ans ? Sans doute, car passé cet âge, je ne vais plus chez mamie Marcelle. Je ne me souviens pas dans quoi je déposais les escargots trouvés sur les pierres des murets le long des chemins. Un petit panier de fin grillage avec une anse, peut-être ? Oui, c'est vraisemblable. Par contre, je me rappelle très bien quand j'ai enlevé le couvercle de la jarre dans laquelle les escargots sont mis à dégorger. C'est plein de bave là-dedans, quelle saleté ! Alors qu'il n'y a pas une tache sur la blouse. Si j'étais un escargot, je transporterais toujours mon cabanon sur le dos. Personne ne pourrait s'y glisser et m'en déloger pendant mon absence. En revanche, je pourrais me retrouver dans une jarre un couvercle sur la tête, attachée à un lit plus grillagé que le panier où je déposais délicatement les gastéropodes. Pour éviter de succomber à l'effroi d'une telle perspective, plonger sans perdre de temps la main dans le sac de couleurs pour en piocher une nouvelle. La vieille est assise dans son fauteuil de velours qui fut d'or désormais passé. Du temps où il y avait des chats dans la maison, chacun a joué avec les franges destinées à cacher les pieds du fauteuil. Aujourd'hui, il n'y a plus de chat, il reste au fauteuil deux ou trois franges de-ci de-là, un peu comme les cheveux sur la tête de la vieille, et deux ou trois dents. C'est ta grand-mère, je te le rappelle. Sois polie et gentille avec elle. Si elle te propose une pastille de Vichy, tu dois l'accepter. De la salive à la commissure des lèvres pendant qu'à longueur de journée elle suçote des bonbons. De temps à autre, elle me tend le paquet. Non, merci madame. Impossible de dire « grand-mère » à cette vieille. Je tais mon dégoût, me contentant de détourner les yeux des lèvres, de la salive, du filet de bave sur le gilet. Je me jure de ne jamais devenir grand-mère. N'empêche, malgré ma répulsion, j'ai hérité de certains gestes. Les mêmes doigts secs. Assise devant la doctoresse, mon sac de couleurs sur les genoux je dois être pour elle aussi répugnante que la vieille l'était pour moi. Sous le regard de la blouse blanche, je me sens me transmuer en cette vieille que j'ai tant maudite. Si je ne me débarrasse pas immédiatement de cette sensation, je vais craquer et me laisser prendre juste pour qu'on enferme la grand-mère dans un orphelinat pour vieillard ! Je sais que la blouse blanche m'observe. Vite, plonger la main dans le sac de couleurs. Quelle est la couleur de la chaleur ? Suffocante en été en raison des moteurs ronronnant dans mon dos. Ils tournent vingt-quatre heures sur vingt-quatre. C'est le diable ces machines à cette saison !

Il n'y eut pas de nuits l'été dernier, sans que je pense, par une chaleur pareille, quel diable, ces machines !

Aujourd'hui, l'été est mort depuis longtemps, et je le serai avant qu'il ne revienne. C'est ce que me dit la blouse trop blanche, vous serez morte avant le retour de l'été, madame, si vous ne vous soignez pas. Oui, avant le retour de l'été, je le crois, c'est ce qui va arriver si je ne me soigne pas. Votre nom, madame, votre nom ? Votre nom ? Votre nom, madame ? Vous vous souvenez bien de votre nom, n'est-ce pas ? À la pliure du coude de la femme médecin, la blouse marque un sillon ombré. Se concentrer sur le pli un passage pour se sauver. C'est par là qu'il faut partir. Je dois marcher dans ce sillon d'ombre et m'en aller. L'ombre. Dans la rue, toujours choisir son côté. La blouse blanche s'étonne. Pardon ? Madame, m'entendez-vous ? Ça va, madame ? Est-ce que vous m'entendez ? Oh, oui, par exemple ! Est-ce que je serais tombée ? Pourtant non. Je suis assise sur une chaise devant une femme portant une blouse immaculée. Je ne me souviens pas de m'être assise, mais je le suis bel et bien. Assise en face d'une doctoresse. Il faut absolument répondre à cette femme, sinon… Sinon, ils vont m'emmener ! Il faut vite satisfaire la blouse blanche, qu'on en finisse. Mais ses questions sont moins simples que celles de la dame de l'Association. Du café pour cette fois ? Je secoue la tête de droite de gauche non, pas de café, merci. C'est suffisant, la dame de l'Association comprend.

Alors que la blouse blanche insiste. Votre nom, madame, vous vous souvenez de votre nom, n'est-ce pas ? Du coup, j'essaie la même technique, je secoue la tête, cette fois de haut en bas, de bas en haut pour signifier oui, oui et non, non. La mémoire n'a rien à voir dans l'affaire il faudrait expliquer que s'il peut m'arriver de faire un inventaire, c'est pour considérer la cuvette en plastique rouge, mes deux couteaux, dont l'un sert exclusivement à découper les pommes pour les oiseaux, les trois bouteilles sans étiquette dans lesquelles je transporte l'eau. Il y a aussi une soucoupe dont on devine une bergère dans son creux, le chignon défait. Je me suis souvent interrogée sur ce chignon la bergère sort d'un petit bois, ses moutons la suivent, son chignon est défait. Que s'est-il passé sous les arbres ? Le motif n'est pas assez net pour lire l'expression sur le visage de la bergère, qui a-t-elle croisé ? A-t-elle fui un danger ? A-t-elle rencontré son amoureux ? Elle n'aurait pas pris la peine de se repeigner ? Mystère. Les jours de grande forme, je penche pour l'amoureux. Les jours d'angoisse, le viol me paraît certain. Je nomme cuvette la cuvette. Soucoupe, la soucoupe. Couteau, le couteau. Voilà des objets définis. La dame de l'Association est la dame de l'Association, elle a un nom, je ne veux pas le connaître. La blouse blanche de même. Elles discutent toutes deux, bonjour madame un tel, bonjour madame un tel, il fait un froid de gueux, il y aura du monde aujourd'hui, les pauvres malheureux. Nous n'avons pas de noms. Enfin, je vois les choses ainsi. C'est mon affaire, je n'irai pas en parler. Le poids d'un nom, c'est lourd. Même un nom de rien, un nom dont aucune des personnes à l'avoir porté au long des générations ne s'est distinguée. Oui, même un petit nom comme ça, un patronyme sous lequel il n'y a rien à prétendre, c'est plein d'histoires. Des histoires de familles avec leurs secrets, des rancœurs, des lâchetés, des jalousies, des fuites, des abandons, des liens, des attaches, des paysages, des objets au fond des caves, des greniers, des bouts de papier, des carnets aux encres surannées, une vieille robe, pas une robe de mariage, une robe de communion, une cartouche de fusil, une femme trompée, une fille-mère, le collier d'un chien. Le chien, mon bon chien. Le nom du chien. François. Je n'héberge plus personne en moi, je ne suis plus qu'une enveloppe vide. Depuis longtemps, longtemps, je suis passée de l'autre côté. Pfff... les choses se sont faites au jour le jour, et moi je me suis habituée. N'allez rien imaginer, ce n'est pas malheureux. Je me suis habituée. Bien sûr, ce n'est pas à propos de déclamer là, dans la situation, une liturgie pareille. La doctoresse ne sera pas contente. Elle va froncer les sourcils, appuyer sur une sonnette, les appeler. Ils m'emmèneront ! Il me faut absolument répondre, même n'importe quoi, mais répondre. Excusez-moi, madame, vous m'entendez ? Oui, oui, bien sûr, François. François ? Madame François. Ah, bien. La doctoresse écrit. Elle écrit dans un registre de grand format. Au moins, on n'est pas à l'étroit là-dedans, pourvu qu'on soit seul sur une page je détesterais voisiner avec quelqu'un. Un trait tiré à mi-page, un paravent jeté entre deux lits, on crève comme ça, séparé par une biffure tracée à l'encre rouge, une date, un point. Je veux rester au cabanon, je ne veux pas me retrouver inscrite dans les colonnes d'un registre, même de grand format. Heureusement, j'ai donné le nom du chien, il ne risque plus rien depuis le temps qu'il est mort. Plus que des os quelque part au fond d'un jardin. Et encore, les bêtes sauvages creusent partout au fond des jardins, elles déterrent les cadavres et les dévorent jusqu'au plus petit os. Le pauvre François n'a plus rien à craindre. Il était fauve comme le feu, et d'une douceur comme personne dans la maison. Et votre âge, madame François ? Quel âge avez-vous ? Au jour exact ? C'est la réponse qui me vient. Cela fait tellement de jours depuis le premier. Et quel premier jour considérer ? Il y a tant de jours dans la vie qui semblent être un premier jour, et puis on se trompe. Le premier jour d'un mariage ? D'une naissance. Je n'ai pas mis d'enfant au monde. Le premier jour d'un départ, d'une perte, d'un deuil. Le premier regard échangé, celui qui vous rend folle amoureuse. Le premier jour de bonheur. Les lendemains qui déchantent. Au fond, chaque jour peut être un premier jour. Au bout de beaucoup d'années, tout s'est aplani. À l'année près, quelle importance ? Enfin, au jour près, à l'année près, ça ne change rien, non ? La femme médecin sourit. Pourquoi ? Je ne sais pas si c'est un bien ou un mal. Va-t-elle appuyer sur la sonnette ? Et votre adresse ? Une fosse s'ouvre sous mes pieds. Ce n'est pas grave, nous reviendrons après à ces détails. Détail. C'est étrange, j'avais perdu ce mot. Comme le mot « honte », perdu. Oublié. Je n'aurais pas eu l'idée d'employer « détail » pour le cabanon. Il me faut m'en souvenir pour repenser à cela plus tard. Et si c'était un piège ? Une manière de me montrer que le cabanon n'est rien, me suggérer qu'il vaut mieux me coucher dans le registre sans faire d'histoires. Vous allez vous coucher dans le registre, gentiment, sans nous ennuyer, d'accord ? À quand remonte cette fatigue, madame François ? Qui avait nommé le chien François ? Ce n'est pourtant pas un nom de chien. Il était là avant moi. Les dimanches, François court sur la plage. Je revois la plage, le chien, les trous qu'il creuse. Des trous dans lesquels je disparais entière. Mais où est donc passée cette gamine ! Elle va m'entendre à son retour ! Je revois parfaitement tout cela. Pourtant, la première fois que je suis allée à la mer j'étais déjà grande. Puis-je demander à la blouse blanche, de quoi se souvient-on ? Recroquevillée au fond du trou dans le sable. Du sable ? C'est de la terre, lourde, sombre, dans un coin du vieux cimetière. Les fossoyeurs ont fini leur travail, il n'y a plus personne. François, rebouche le trou s'il te plaît, bon chien. Je pense que cela fait déjà plusieurs semaines que vous êtes fatiguée, n'est-ce pas, madame François ? Je dois l'admettre, oui, je me sens un peu lasse ces temps-ci. Si seulement François pouvait venir gratter sous la chaise. Rebouche le trou, bon chien, rebouche-le. J'ai de la terre sous les ongles. Je ne ferai jamais rien de cette gosse, un désespoir, et menteuse, par-dessus le marché ! Il aurait fallu monter sur la balance. Ça, non ! Pas la balance. Vous ne voulez pas connaître votre poids ? Silence brisé par une quinte de toux. Vous ne voulez vraiment pas vous déshabiller ? Au moins, venez vous allonger sur la table d'examen. Détendez-vous, je ne vous ferai rien. Je peux m'en aller, docteure ? Vous n'avez pas quelques secondes, madame François ? Il fait froid dehors et vous avez besoin d'un traitement. Chaque pas coûte plus qu'un continent à enjamber. Je m'arrête à mi-chemin entre la chaise et la table d'examen. La doctoresse déplie un drap en papier pour en recouvrir la table sur laquelle je ne m'allongerai pas. Je ne veux pas me coucher là-dessus, donnez-moi le traitement, c'est suffisant. Maintenant que je suis levée, je sais que j'aurai le courage de partir. La femme médecin s'est assise sur le bord de la table d'examen, une main de chaque côté de la blouse posée à plat sur le drap propre. Des mains nettes. Vous vous alimentez bien ? Avez-vous eu des maladies au cours de ces dernières années ? Solide. Pardon ? Pas de maladie. Oui, vous êtes solide, c'est bien. Parvenez-vous à vous chauffer ? Moi, avec mes nippes grisâtres. Et la femme, en face, avec cette blouse immaculée. Docteure, de quoi se souvient-on ? La vieille suçote les pastilles de Vichy en faisant des bruits pénibles, elle regarde par la fenêtre. Je sais bien ce qu'elle regarde ! Je n'aimais pas cette vieille qui ne m'a jamais aimée. Toi, tu seras caissière au Monoprix. Pourquoi pas ? Je n'ai jamais été caissière à Monoprix, docteure. Mais, autrefois, ça me plaisait bien de me promener dans les rayons du Monoprix. Des fanfreluches, des toiles cirées, des brimborions, on trouvait de tout à Monoprix. C'est dommage, la vieille s'est trompée, je n'ai pas été caissière à Monoprix. De quoi se souvient-on, docteure ? Je revois des choses qui n'ont probablement pas existé. J'ai oublié une grande partie de celles qui ont eu lieu. Devant votre blouse si blanche, moi, avec mes nippes grises, je songe que, dans d'autres circonstances, comme vous, j'aurais porté la blouse blanche. Un destin honorable abandonné pour des costumes en peau d'illusions. Des oripeaux flamboyants, des rêves en veux-tu en voilà. Jusqu'à plus soif. Les costumes se sont étiolés, j'ai déserté les rayons du Monoprix, j'ai craché le jus des pastilles de Vichy, restent les nippes grisâtres. L'eau, le savon. Une affaire difficile c'est ce qu'il faudrait dire si on parlait des nippes grisâtres. Mieux ne pas en parler. Vous n'avez pas fait mention des nippes, docteure, de ma crasse. Vous les avez certainement remarquées, mais à quoi bon parler de cela avec les malheureux qui viennent les mercredis l'hiver à l'Association ? Je vous comprends, j'aurais fait la même chose. Inutilité de poser des questions sur ce point le chauffage, la nourriture, mais pas les nippes, la saleté. Vous m'auriez répondu, docteure, c'est une affaire compliquée, difficile, l'eau, le savon. J'aurais hoché la tête, gênée. Gênées l'une comme l'autre par l'écart entre nous. Chacune dans notre rôle. Le fossé entre nous, les deux femmes.

.

Vous n'avez pas appuyé sur la sonnette, je vous en remercie. Je sais à quoi m'attendre, un jour ou l'autre, vous m'aurez. C'est certain. Mais pour l'instant, je me trouve dans la rue, tout juste réchappée d'entre vos mains, et je ne reconnais rien. Heureusement, vous ne pouvez pas me voir, docteure. Il y a déjà un nouvel indigent dans votre cabinet, un monsieur Eustache, une madame Frédérique. Ils vous auront répondu n'importe quoi en guise de nom, comme moi. Les pauvres ont le goût de la dissimulation sont toujours coupables d'une chose ou d'une autre, c'est pourquoi ils se méfient. Est-ce que madame Frédérique a noté votre blouse blanche ? Je ne sais pas. Notre grisaille à la fin du jour doit avoir raison de la blancheur de votre blouse. J'imagine que ça n'arrête pas une seconde les mercredis l'hiver. Vous ne regrettez pas d'avoir accepté ces consultations pour l'Association, mais c'est lourd une journée entière à tâter le pouls de la misère du monde. Difficile de ne pas en prendre un coup pour les idéaux. Au fond, vous êtes aussi démunie que nous. Vous dans votre blancheur, et nous dans notre carcan de crasse. Vous appuyez sur la sonnette, hop, hop, ça tombe dans le trou comme dans un vide-ordure. Les uns et les autres ne nous comprenons pas. Les pitoyables sont ingrats. Je ne pense pas à l'armée de malheureux qui défilent et s'étendent à tour de rôle sur la table d'examen. Le registre, même de grand format, en est tout boursoufflé. Je ne pense pas aux autres, à chacun ses soucis. Chaque malheureux pourrait dérober mon cabanon. Je souhaite la mort de tous les malheureux, cette racaille. Nous sommes chacun de la racaille pour tous les autres. Et moi, je suis dans la rue. Quelle rue ? Je ne reconnais rien. À la main, j'ai le sac que vous m'avez remis. Un sac en papier. Je me souviens de celui rebondi de belles cerises noires achetées sur le marché. C'est curieux, j'entends le bruit de la mer, je vois la lumière sur les étals du marché, j'entends les cris des goélands. Je n'habitais pourtant pas près de la mer. De quoi se souvient-on, docteure ? Ça tache affreusement les cerises. La bouche, les mains, le pull-over. Tu ne vas pas me faire croire que tu n'as pas mangé la moitié des cerises en route ! Impossible d'avouer les avoir distribuées aux oiseaux. Regarde-toi, tu es noire de la tête aux pieds ! Si tu quittes tes gros souliers, ce ne serait pas beau à voir. Regard baissé, je ne peux pas dire le contraire. Sournoise. Mon sac en papier à la main. Des boîtes de pilules, une bouteille de sirop. Votre traitement, madame François. Mes jambes ont dû rester coincées dans votre registre, elles me manquent pour marcher. Appuyée contre le mur pour me soutenir. Dans quelle direction mon cabanon ? Ma patte de lapin talisman, une femme de ménage l'a jetée pendant que j'étais à l'école. Pourtant comme j'aurais besoin que le lapin me prête ses pattes pour rejoindre en trois bonds mon terrier ! Je ne veux pas que l'on touche à mon désordre, que l'on ouvre mon placard, qu'on le range, je ne veux pas. Je ne reconnais plus rien, je suis sortie par une porte qui n'est pas celle par laquelle je suis entrée. Aujourd'hui, ça suffit à me perdre. Je ne suis pas repassée auprès de la dame de l'Association. Je n'ai pas mon cabas pour la semaine. Vous serez morte avant le retour de l'été, madame, si vous refusez les soins. Vous auriez découvert la clef du cadenas de mon cabanon en pendentif sur ma poitrine si j'avais accepté de me déshabiller devant vous. Vous auriez fait celle qui ne la remarque pas. J'aurais fait la même chose à votre place, docteure. C'est fou comme on est condamné à faire semblant de ne pas remarquer une foule de choses. N'empêche, à peine madame François serait sortie de votre cabinet, vous auriez inscrit dans le registre : Madame F., elle porte une clef de cadenas attachée par une ficelle autour de son cou. Peut-être imaginez-vous une valise avec quelques hardes déposées dans une consigne de gare. Pour ne pas la traîner tout le jour avec elle, parce qu'elle n'a plus guère de force. Passera-t-elle l'hiver ? C'est peu probable, mais la nature est parfois surprenante, ce n'est pas non plus impossible que je la retrouve l'an prochain. Pronostic réservé, la science médicale a ses limites, surtout lorsqu'elle est exercée dans les conditions dans lesquelles nous travaillons. Vous relevez les yeux de votre registre, docteure, vous poussez un soupir las en pensant à votre soirée à venir. Vous avez rendez-vous avec un amant dont vous êtes déjà un peu déçue. Il vous a demandé en mariage et cela vous ennuie. Vous ne prenez plus autant de plaisir à vos étreintes et vous vous irritez de le voir manger avec un tel appétit. Non, je dois être franche avec lui. Qu'il ne s'imagine rien, notre histoire n'est pas de celles qui durent. Vos yeux retournent au registre. Ah, oui, la clef d'un cadenas sur la poitrine. Vous vous demandez pourquoi avoir noté ce détail. Sait-on jamais ? Il permettra peut-être un jour d'identifier cette pauvre femme. J'ai eu raison de refuser de me déshabiller cela ne regarde personne. Pas même une doctoresse. Je ne veux pas que l'on écoute mon cœur. Il n'y a plus rien de bon dans ce maudit cœur. Je ne veux pas que l'on voie ma poitrine, mes côtes, mes os, et le tissu de saleté qui me tient lieu de peau. Je ne reconnais pas les rues alentour. Que va-t-il se passer si mes jambes n'arrivent pas à s'extraire du registre où elles se sont coincées ? Je vais mourir là, dehors. Des sirènes de voitures de pompiers, un boucan terrible pour rien. Elle est morte. Constat.

Des gens s'assemblent autour du corps écroulé. Tu n'as pas honte ! Si maman. Si. Cette malheureuse vieille, quelle surprenante tête d'oiseau ! Un enfant enfouit son visage dans le cou de sa mère en hurlant de peur. Maman, qui c'est qui a tué l'oiseau ? Il est tombé tout seul mort du ciel ? Ne regarde pas, c'est un vilain spectacle pour un petit garçon. Quand le corbillard s'est présenté à l'entrée du cimetière, je suis partie en courant à toutes jambes, François sur mes talons. Nous sommes allés nous cacher derrière la plus grosse pierre tombale. Qui enterrait-on ce jour-là ? Mademoiselle Anna. En passant devant chez elle, j'espérais toujours entendre sa voix. Viens, petite, viens, je vais te raconter une histoire. Maintenant, voilà qu'on l'amène en voiture noire, alors qu'elle habite juste à quelques pas en haut de la côte. Une maisonnette propre avec de jolis géraniums afin d'éloigner les moustiques. De quoi se souvient-on, docteur ? Au moment de m'effondrer en pleine rue, je me souviens de mademoiselle Anna. De son enterrement. Avec ma drôle de tête, on croirait un oiseau crevé. L'eau, le savon, c'est difficile. Dans la mort, je prononce ces mots, ils résonnent dans la caisse de mon cerveau, mes voisins de fosse n'en peuvent plus d'entendre ma rengaine, l'eau, le savon, c'est difficile. C'est pourquoi, un jour, j'ai eu l'idée de me couper les cheveux. Le chignon est tombé comme une pomme à mes pieds. Je les coupe très court, parce que c'est difficile. Mes bras ont perdu leur souplesse. François, bon chien, promets-moi que si je m'écroule en pleine rue tu creuseras aussitôt un trou pour me soustraire à la vue des passants. Si tu n'en as pas le temps, tu t'étendras sur moi en attendant la nuit. C'est curieux, ce chien refuse de bouger. Il est couché là depuis plusieurs heures et si l'on s'approche, il gronde et montre les dents. Bon chien. L'obscurité venue, creuse le trou pour moi. Creuse, bon chien, creuse. Comme les trous sur la plage. Comme ceux au fond du jardin. Je suis redevenue presque aussi chétive qu'à l'époque, un trou d'enfant suffira. Sur le goudron, je ne te facilite pas la tâche, mon François. Tu vas te mettre les pattes en sang pour une bourrique de mon espèce. Cette gamine, je me demande ce que j'ai pu faire au Bon Dieu pour mériter cela. Je ne tirerai jamais rien d'une telle fille. Comme le cabanon est loin. Vous oubliez votre cabas, Madame François ! Que seriez-vous devenue la semaine durant ? Oh, il ne fallait pas vous donner la peine de courir derrière moi, vous êtes gentille. Mais nous sommes là pour ça, ne vous excusez pas, et soignez-vous surtout. Les jambes claires en deux enjambées m'ont rejointe. Les mains me tendent le cabas à provision. Oui, à mercredi, je serai rétablie, en pleine forme, jeune comme autrefois. À mercredi. À mercredi. À mercredi. Sans faute, je viendrai.

Vous regardez mes mains trembler, docteure. La clef du cadenas est minuscule, le trou dans lequel elle s'introduit est si étroit. Il fait déjà sombre les mercredis l'hiver quand je rentre enfin de l'Association. La voix satisfaite du voisin, tu mettras ces trois pièces dans ta tirelire, gamine. Il pose un doigt velu sur ses lèvres. J'ignore ce qu'est devenue la tirelire. Un chalet en carton avec des volets en trompe-l'œil rouge brique. Le cadenas était purement symbolique puisque l'on pouvait fendre d'un coup de ciseau le carton. Après tout, il était peut-être en bois d'allumette. Qui sait si l'on se souvient bien ? Une fente dans le toit pour les pièces. Un toit à deux pentes. Celui du cabanon est plat. Heureusement, il n'a pas de fente. Il est en tôle, c'est plus solide que le carton. Au printemps, la pluie rebondit dessus avec un joli bruit de castagnettes. Les femmes dansent pendant que les enfants pataugent joyeusement dans les flaques d'eau. Elles ont mis la clef de leur cassette entre leurs seins. Les économies de la semaine. Moi, ma clef repose sur une poitrine sans relief qui n'a nourri aucune bouche. Avec ma tête d'oiseau prêt à crever, ce n'est pas pour le plaisir que les hommes iraient fouiller là. Ils savent que d'instinct les femmes dissimulent leurs trésors à cette place. Je suis une femme avec les risques que cela comporte. Surtout dans la rue. Ils arracheraient la clef sans même jeter un coup d'œil sur les tétons de la femelle. Ils riraient entre copains. Bon Dieu, les outres sont vides, les gars. Il n'y aura rien à boire pour le festin. Pas sûr qu'y est même un trou au bas du ventre, la souille doit être fermée depuis que le dernier collègue l'a visitée. Ça doit faire un bail, la mamie n'est plus toute jeune ! Qui c'est qui a le courage d'y regarder ? La vieille ruine que voilà, c'est pas un cadeau de choix. Mais dans notre condition, on ne peut pas faire les difficiles ! Allez, les gars, à la besogne. Qui se sacrifie le premier ? Dis donc, Gustave, tu traînes, pense aux copains ! Ils ont envie de se vider, eux aussi ! On veut tous la tringler, la grand-mère, mais y a que le dernier qui a le droit de la laisser pour morte. On n'est quand même pas des vautours, on ne baise pas les cadavres. Les cadavres. Les cadavres. Les cadavres. Heureusement, la caserne de la gendarmerie est à deux rues du cabanon, docteure, le quartier est plutôt tranquille. Le problème, c'est le trajet.

Je ne sais pas si la dame de l'Association rentre à pied chez elle. La jupe écossaise, les bas clairs sur ses jolies jambes. Elle prend le bus. Son manteau doit être accroché dans la pièce derrière le comptoir. Une précaution pour ne pas se faire voler. Le trousseau de clefs dans son sac. Elle distribue des cabas à provisions aux pauvres. Je n'ai jamais été une personne bonne. Tu vas aller acheter le pain, n'oublies pas la monnaie. Non, maman. Je n'oublierai pas la monnaie. Il reste trente centimes. Deux bonbons à quinze centimes. J'ai perdu les trente centimes. Voleuse. Je veux m'éteindre tranquille au cabanon. De quoi se souvient-on, docteur ? Les pensées m'accompagnent. Certaines sont distrayantes, d'autres, pénibles. Il est rassurant de savoir que le concierge à un double de votre trousseau de clefs. À nos âges, le malheur arrive vite. Imaginez si je le perds, ce serait une catastrophe. Les deux dames étaient là tous les matins, dans le hall d'entrée de l'immeuble. Bien avant l'heure du facteur. C'est comme cela que m'est venue l'idée de pendre la clef du cadenas du cabanon à mon cou. Ou bien, si le gardien ne vous voit pas de plusieurs jours, il peut venir s'assurer que vous n'êtes pas morte dans votre salle de bain. J'ai juste eu le temps de me cacher derrière le conteneur à poubelles en faisant signe à François de ne pas bouger. Je ne savais pas quoi faire du papier des bonbons. Les deux vieilles dames diront à maman, votre petite fille mangeait des bonbons. Elle était adorable avec son pain sous le bras et la bouche pleine. Elle est très propre cette enfant, elle a mis les papiers à la poubelle quand tant d'autres les jettent par terre. Vous l'avez très bien éduquée. Je me demandais pourquoi l'une d'entre elles veut mourir dans sa salle de bain. Aujourd'hui, je la comprends. Je veux m'endormir seule dans mon cabanon, dans l'intimité. Vous verrez, docteure, mon cœur ne lâchera pas l'affaire comme cela. Ce serait trop beau. La dame a revêtu sa robe de chambre rose. C'est sa préférée. Sa fille la lui a offerte pour ses quatre-vingts ans. Une robe de chambre en soie. Des paons ornent le devant du vêtement. J'aime bien les paons lorsqu'ils font la roue. Je les regardais dans le parc. Je pouvais rester des heures à les contempler. Le parc n'existe plus, les paons se sont réfugiés sur la robe de chambre de cette dame. J'ai mis longtemps à les retrouver, par hasard, quand la dame est descendue relever son courrier. Parce que j'avais volé les trente centimes et qu'il m'a fallu me cacher derrière les poubelles. La dame sortait ses paons pour aller relever sa boîte aux lettres et discuter un peu entre voisines. Elle leur explique vouloir mourir tranquille dans sa salle de bain. Je devine que c'est pour ses paons, les avoir autour d'elle dans son ultime instant. Ce sera la dernière chose qu'elle verra du monde. C'est beau de mourir ainsi devant le spectacle d'un éventail de plumes de paons. C'est eux qui préviendront le gardien d'immeuble quand ce sera fini. C'est rassurant de savoir qu'il a le double de mon appartement. De nos jours, on entend toutes sortes d'histoires. Des gens découverts plus de quinze ans après qu'ils ont poussé leur dernier soupir. La dame en rose ne voudrait pas que cela lui arrive. Moi, au contraire, comme elle, je veux mourir seule au cabanon, en revanche, je ne veux pas que ma mort soit révélée. J'imagine la dame de l'Association lisant dans le journal qu'une vieille femme a été retrouvée momifiée au dos des ateliers de la ville dans une misérable cabane de chantier oubliée depuis au moins trente ans. Bien sûr, rien ne lui indiquerait qu'il s'agit de moi. L'hiver prochain, elle se ferait simplement la remarque, je ne vois plus la dame avec sa drôle de tête d'oiseau. Soit elle est décédée, soit ses enfants. Non, madame, vous êtes gentille, mais le café me donne des brûlures d'estomac. Je ne peux tout de même avouer n'avoir rien pour faire chauffer de l'eau. C'est un coup pour qu'ils s'en mêlent et décident de m'emmener. Une armada de blouses blanches. Surtout pas ça ! Moi aussi, j'ai un rêve pour mon départ. Il m'a visité chaque nuit l'été dernier. De quoi se souvient-on, docteure ? Chaque nuit, il entrait dans le cabanon comme une pleine lune. Ma tête rase inondée de bonheur. Les mains de la lune sur mon front, dors, enfant, dors. Nous sommes tous les marmots chéris de la mort. Elle chante une douce berceuse que seules les vagues connaissent. Je le sais qu'elle chante la chanson des vagues parce qu'à mon réveil ma peau était toute salée. Sous les vêtements que je ne quitte jamais, même aux plus grosses chaleurs, à cause des voyous qui pourraient me surprendre, ma peau était salée d'eau de mer. Vous aimez la mer, docteure ? Ce dernier été, le rêve est venu chaque nuit. Le matin, il était évanoui, ne me laissant rien d'autre que le sel sur ma peau. La journée, je lui courrais après. Aucune image ne surgissait, il ne restait pas le moindre brin de fil à partir duquel j'aurais pu remonter la bobine. Il entrait dans le cabanon dissimulé dans les froissements de la nuit, il en ressortait à l'aube au signal des camions de poubelles s'élançant à l'assaut des rues. J'ai eu beau faire, il ne m'a pas montré son visage. Un jour, je me suis réveillée sèche. Pas une seule pépite de sel sur le corps. L'été était fini, le rêve avait déserté le cabanon. Dieu seul sait si j'y serai encore pour l'accueillir au retour du printemps. C'est long, tout un hiver. Je me promets d'économiser pour que le cabas me tienne deux semaines plutôt qu'une. À mon âge, avec le peu d'activités, c'est inutile de trop manger. Je dirai à la dame de l'Association que ma situation s'est éclaircie, je parviens à m'en sortir un peu par moi-même. Je ne veux pas abuser, il y a des plus malheureux que moi. Je lui dirai. C'est toi qui as imité ma signature au bas de ta punition. Non seulement tu es indocile et fainéante, en plus tu es malhonnête. De surcroît, tu m'imagines imbécile. Ça fait beaucoup de défauts pour une même personne. Prends garde, tout se paie dans la vie. Oui, maman. Oui. Creuse le trou, bon chien, creuse le trou. De quoi se souvient-on, docteur ? Je me souviens des écureuils d'arbre en arbre. Si seulement j'étais un écureuil, je survolerais les rues de balcon en balcon, il me suffirait de trois minutes pour rejoindre les locaux de l'Association. Surtout, l'hiver j'hibernerais. Comme la nature est bien faite, c'est époustouflant tout ce qu'elle a inventé pour aider la vie à survivre. Je me le dis souvent en contemplant le cabanon. Un miracle.

Aujourd'hui, j'ai quatorze ans. Je n'en éprouve ni joie ni tristesse, j'ai simplement décidé de m'offrir la journée. Je suis allée au lycée comme si de rien n'était et au moment de franchir le portail d'entrée j'ai tourné les talons. Ce n'est pas une première cela m'arrive de disparaître une heure ou deux, le plus souvent je me contente de ne pas déjeuner au réfectoire. Mais pour l'occasion, je m'octroie une absence générale. Après tout, ce jour est particulier. Je le fête ainsi, en tête à tête avec moi-même, parce que ni ma mère ni la vieille ne marquent les anniversaires à la maison. J'ai choisi d'aller m'asseoir à la fontaine. C'est mon lieu quand j'ai besoin de réfléchir. À peu près désert à la frontière entre la haute ville et le ciel. De là, une mer d'ardoise s'étale sous les yeux. Sur des kilomètres, les toits déferlent en vagues successives qui finissent par s'estomper très loin à l'horizon que j'imagine de sable. En concentrant toute mon attention sur le point extrême, je me vois, infinitésimale, longer une plage sans commencement ni fin. Rien ne dit d'où je viens, où je vais. Sortie d'un nuage, je m'arrête un instant sous un pin parasol croyant avoir entendu quelqu'un m'appeler. C'est le vent il a dans sa joue une âme enveloppée dans un carré de soie safran et pourpre. Lui et moi, à hauteur de l'arbre, nous nous croisons. Dans une risée, il laisse tomber devant moi l'étoffe dans laquelle l'âme a voyagé dans le temps sans trouver où se fixer. La pauvre gît nue au sol, on dirait une petite méduse. Elle est maigrelette, et n'a pas bonne mine, on la sent tourmentée. Le genre d'âme que personne n'aurait envie d'héberger. Pourquoi le vent la dépose-t-il sur le sable précisément là où mes pieds la fouleront si je ne m'écarte pas ? Il a l'immensité de la plage devant lui et il la met sur mon chemin quel étrange comportement ! A-t-il l'intention de la faire écraser ? Pourquoi serait-ce à moi de la piétiner ? Je viens de si loin, j'ai tant marché, tout cela pour réduire la malheureuse âme en poussière ? C'est un jeu d'énigme bien mystérieux pour lequel je suis sans doute trop jeune pour en saisir les subtilités. Si tant est que chaque énigme trouve une réponse. En ce jour de mes quatorze ans, j'ai l'impression que ma vie n'y suffira pas. D'autant qu'un objectif aussi peu défini sera difficile à atteindre, je le réalise clairement. En tous les cas, si j'y arrive, j'ai arrêté ma décision, je n'en bougerai plus, je resterai sur la ligne de l'horizon au bord de la mer. Chaque matin en me levant, je me demande si le moment est venu de prendre la route, mais c'est prématuré. Je dois être patiente. Ce sera peut-être pour demain. Si je partais aujourd'hui, les gendarmes me ramèneraient aussitôt. Impossible, ça ferait des histoires terribles, je m'attirerais trop d'ennuis.

La fontaine est à trois pas d'une chapelle où, je crois, aucun prêtre n'entre plus. D'ailleurs, sans être absolument en ruines, elle est quand même mal en point. La porte est défoncée, je pourrais me faufiler au travers sans prendre la peine de l'ouvrir. Et tout est ainsi délabré. Depuis des lustres, aucune restauration n'est entreprise. C'est pourquoi je me figure la chapelle oubliée par l'Église. On ne trouve pas de cierges pour les vœux sans doute volés. Évidemment, qui pourrait bien les dérober ? Moi, je soupçonnerais volontiers les grand-mères de l'après-midi qui sont seules à fréquenter les lieux. Quoi qu'il en soit, jusqu'au plus petit bout de cire qui a déjà été fondu et refondu cent fois, impossible d'allumer la moindre lueur votive. Il n'y a plus d'offices à la chapelle. Inutile d'espérer recevoir le pardon ici. Pourtant, ce serait beau un chérubin dans ce décor d'abandon. J'imagine les premiers chrétiens réunis dans les catacombes pour leurs célébrations clandestines. Je ne sais pas ce que le novice pourrait raconter les mains posées sur son gros livre. Il me semble que je viendrais l'écouter confier les peines du monde à Dieu qui n'a pas besoin qu'on lui en montre. Il voit tout seul la situation. Moi-même, juste avec mes quatorze ans, si je n'avais pas le chien François je serais tout à fait désespérée. Je ne veux pas penser à ça aujourd'hui.

On arrive ici par une montée pavée, la montée des sans-souliers. Sur une plaque en bas, on lit «Montée des Carmes déchaussés». Ça revient à peu près au même, sans souliers ou carmes déchaussés la nuance est que les uns ont choisi de marcher pieds nus, les autres, non. C'est un cul-de-sac dernière station avant les nues. À part moi, seules de vieilles dames, presque des fantômes, viennent là durant leurs après-midis immobiles. Je dis «immobiles» parce que les vieilles dames se tiennent sans bouger de très longs moments. Je les suppose assises toujours à une place qui leur est propre. À chacune son banc. Elles ne sont pas si nombreuses pour avoir à se les disputer. Je me demande comment elles trouvent le courage de gravir la pente. Il faut bien qu'une force les pousse. Même les scooters des jeunes calent avant de parvenir au sommet, leurs rondes s'arrêtent beaucoup plus bas. En tout cas durant la journée. Je ne suis encore jamais venue ici la nuit. C'est une idée tentante au fond, maintenant avec mes quatorze ans, ce n'est plus un âge pour être trouillarde. Pendant les heures de brouhaha et de pleine animation en bas, en haut on perd les bruits de la ville. Seules les lèvres des femmes remuent imperceptiblement sur leurs visages de masques. La chapelle, je l'appelle Notre Dame du Bon Voyage. Parce que c'est sûr, toutes ces vieilles femmes viennent ici envisager leur mort.

La chapelle négligée par les hommes d'Église, un artiste l'a élue. Il a gravi la montée des Carmes déchaussés avec sa boîte de couleurs pour peindre sur le mur derrière la table un vaste port baigné d'une lumière singulière. Difficile d'affirmer si l'on déambule sur les quais de jour ou de nuit. On penserait le jour, en raison du soleil, pourtant quelque chose en fait douter. Une sorte d'assoupissement qui ne colle pas avec l'atmosphère créée par la tonalité générale. Tout devrait être animé or pas la moindre trace de vie humaine. L'astre rouge parvient à gagner sur l'obscurité de la chapelle, chaque détail des bateaux apparait avec précision. Les uns sont d'une ère révolue, avec leurs mâts s'élançant vers le ciel, tandis que d'autres sont des géants d'acier supportant des montagnes de conteneurs. La lumière semble se modifier selon l'état d'esprit avec lequel on regarde la peinture. On croirait presque pouvoir faire la pluie ou le beau temps sur le port. En réalité, c'est l'œuvre elle-même qui à mesure qu'on la contemple influe sur nos sentiments. Nos contradictions s'affolent l'aurore et le couchant se combattent, l'automne grignote le printemps, la boue plaque ses accords sur la musique des anges. Nous sommes une espèce éteinte, le peintre ne nous a pas représentés. Il a tout mêlé, nos siècles sont encastrés les uns dans les autres, les visages de nos époques ont leurs traits brouillés, les pages de nos livres d'histoire ont perdu leur numéro. Comme s'il avait fait se dissoudre le temps sous le feu d'un soleil trop puissant pour les yeux humains. Un drakkar, coque contre coque avec un sous-marin nucléaire. Un thonier gite aux côtés d'un navire-usine si moderne qu'il doit venir du futur. Le peintre a réalisé son œuvre en cinq jours. J'étais montée un dimanche, rien n'existait. Le vendredi suivant, quelle hallucination ce fut de découvrir la chapelle avec son retable fraîchement surgi du néant ! Les pierres sur lesquelles les bateaux sont peints forment sous eux une houle douce et régulière. Ils dansent, tranquilles, arrimés au souffle des vieilles femmes prêtes pour entreprendre leur bon voyage, et qui les contemplent des bancs. Je jurerais volontiers que pas une de ces femmes ne se souvient de prières apprises depuis trop longtemps, avec toute leur vie passée dessus. De toute façon, ce ne sont pas des motifs de catéchisme. À mon avis, l'artiste a offert le port et ses bateaux à la chapelle désaffectée parce qu'elle était un havre de silence échappant aux tumultes de la ville, sans souci des religions. Un port si près du ciel est un cadeau béni. Les vieilles le savent bien, elles dont les rêves se sont échoués l'un après l'autre au fil des ans. Il a peint nuit et jour sans poser une seconde ses pinceaux, sans sortir de la chapelle. Quand il a eu fini, il a choisi un bateau et il a largué les amarres une bouée solitaire à l'arrière-plan en témoigne, un navire a pris la mer. Les autres attendent à quai leur capitaine. Moi, j'aime bien la Marie-Josephine.

 Bien que j'aie souvent tenté de persuader François de me suivre dans la chapelle, il refuse obstinément de mettre une patte à l'intérieur, préférant m'attendre dehors et me laisser aller seule rêver devant mon bateau. Pourtant, ce ne sont pas les vieilles femmes qui me sermonneraient sur la présence de mon chien dans un lieu sacré. S'il nous arrive d'en croiser une aux abords, le regard qu'elle porte sur lui ne peut pas tromper c'est sûr qu'elle souhaiterait engager la conversation avec mon François. Si elles l'osaient, la plupart tendraient la main vers lui. Depuis combien d'années n'ont-elles pas eu l'occasion de prodiguer une caresse à qui que ce soit ? Jusqu'à un animal dont elles sont privées. François se soustrait dignement à leurs sollicitations en faisant le chien très occupé à flairer une trace. Quand j'entre, il se couche dans l'ombre d'un muret en face de la porte. Tout le temps que j'y suis, il ne quitte pas des yeux l'endroit par où je réapparaitrai. Ce n'est plus le François auquel je m'agrippais pour me mettre debout, celui avec qui j'ai appris à marcher, celui qui était là avant moi.

C'est François II. Fauve comme le feu, et doux comme personne à la maison. Après lui, je n'aurai pas d'autre chien pour m'accompagner. Une grande perte, dont je ne veux pas parler le jour de mon anniversaire.

Je rêve devant la Marie-Joséphine. Si j'allais m'installer dans une cabine ? Je n'ai pas besoin de grand-chose. Une couchette, et une descente de lit pour François. Un placard pour deux ou trois vêtements. Une douche, des bricoles à grignoter. Des livres. Quelques disques. Les concertos pour clarinette, de Mozart. Haydn. Je ne vois personne d'autre que moi sur le navire. Je ne sais pas très bien qui le dirige, à croire qu'il avance tout seul. Si ça se trouve, on fonce dans la tempête, vers un désastre. Je ne l'apprendrai que plus tard, et pour l'heure je peux dire m'en soucier comme d'une guigne. J'oublie ma mère, qui, depuis la cuisine, me crie dessus. Tu me feras le plaisir de ranger ta chambre ou je passe tout par la fenêtre ! Je file sous les alizés. Je m'aperçois que le bateau est pourvu d'une barre. Qu'importe, je ne sais pas m'en servir. Je navigue pour la première fois, et personne n'est là pour me guider. D'ailleurs, je ne suis pas une bonne élève. La preuve, je traîne dans la chapelle au lieu d'être en train de suivre studieusement mes cours. Plein cap sur l'horizon. Pas de gendarmes en vue pour me ramener chez moi. Pas de voisin pour distribuer une ou deux pièces à glisser dans ta tirelire, fillette. Personne. J'aperçois une ombre passer sur le pont de la Marie-Joséphine. C'est une des grand-mères aux bancs. Aurions-nous embarqué sur le même bateau ? Ce ne serait pas très réjouissant si je me fie à son allure. Après tout, ne pas juger quelqu'un sur son apparence, c'est ce que l'on dit. Nous voilà toutes les deux, sans nous parler, debout sur le pont. Elle pose sa main sur mon épaule avant de disparaître comme elle est survenue. Je me retourne vers le banc où j'avais cru la remarquer, elle est bien toujours là, rien ne montre qu'elle ait bougé un instant. Pourtant je ressens une vive brûlure à l'endroit précis où elle m'a touchée. Sa maigreur est frappante ainsi que sa drôle de tête d'oiseau. Quant à ses vêtements, on devine leur saleté jusque dans la pénombre de la chapelle. Puisqu'elle m'a sortie de mon rêve, je devrais aller rejoindre François, redescendre en ville. Je rôde depuis assez de temps ici. En passant à sa hauteur, une force me pousse à m'asseoir. Malgré ma répulsion, malgré la brûlure à l'épaule, je me glisse à ses côtés. Attitude surprenante pour moi qui suis de nature plutôt sauvage et distante, d'autant que de nombreux bancs sont inoccupés. Les jours d'anniversaire, peut-être faisons-nous des choses inaccoutumées ? Je ne me souviens pas des années précédentes, toutefois, quatorze ans, c'est déjà le début de l'âge mûr, il se peut que ce soit de cette façon-là que nous pénétrons dans le monde adulte en accomplissant des actes que l'on ne s'était encore jamais permis.

Assise près d'elle, nos maigreurs respectives se confondent. J'imagine sans peine ses chaussettes en tirebouchon sur ses chevilles. Des jambes rien qu'en montants dans sa vieille culotte d'homme, pas un pouce de chaire. Moi, pas plus élégante, mais propre. Fillette, tu devras prendre quelques kilos si tu veux avoir l'air d'une femme un jour ! Pas de fesses, pas de seins rien ne change depuis tes trois ans, sauf les os, ils s'allongent. T'es bien sûr qu'il n'y a toujours pas de sang dans ta culotte ? La tête me tourne. La vieille et moi ne sommes séparées que par un vieux cabas noir. Un truc pareil ne se dégote que chez Emmaüs. Le fermoir est déglingué et le plastique déchiré en maints endroits. Impossible de mettre grand-chose là-dedans, les anses rompraient vite. Elle doit lire ma pensée, car elle ouvre le sac pour le laisser béer entre nous. Je ne peux m'empêcher de commettre l'indiscrétion de regarder à l'intérieur. Vide. Hormis une boule de papier journal. Elle la déplie pour me découvrir des déchets de viande. Dans un murmure qu'on croirait un remerciement à la madone, c'est pour les chats, je suis passée par le Jardin fleuri après le service. On me donne toujours des restes. Le Jardin fleuri. Je n'ai jamais vu dans le coin un restaurant nommé ainsi. Pourquoi pas ? La vieille femme n'a aucune raison de me mentir après tout. Elle est peut-être simplement gâteuse. Puisque nous sommes dans une chapelle, je lui demande si le Jardin fleuri ne serait pas le paradis. Je suis encore jeune, mais ce n'est pas pour autant que je crois aux fables. Pour elle, c'est différent on lui donnerait cent ans, elle a eu tout le temps de se composer un paradis à sa convenance. À la voir, je le suppose de pacotille. Trois bouts de ficelles, quelques souvenirs. Une tasse, unique rescapée d'un service à thé. Des bribes de conversations empêchant les tiroirs de son cerveau de se fermer au moment de s'endormir. Tu devrais monter dans ta chambre te mettre à tes devoirs au lieu d'errer comme une âme en peine. Tu n'iras pas loin dans la vie, ma fille. Les volets toujours clos d'une des pièces de la maison d'en face et son odeur de moisi avec l'immense lit de terreur ancré au plein milieu. Rien qu'à l'évoquer, elle en crie encore d'effroi. De la gentiane et de la valériane. Des cailloux blancs semés le long du chemin pour éviter de s'égarer. Sauf que la route ne se remonte pas, les cailloux ne servent à rien. Mieux aurait valu enfiler des pierres pour un lourd collier qui vous aurait maintenue au fond de la rivière pour toujours. Le cresson et la marjolaine. Le vieux lavoir devenu une auberge pour grenouilles. Leurs chants d'amour au mois de juin. L'usure du granit, l'empreinte des genoux des femmes à force de lessiver le linge de la famille. Leurs reins fourbus, les maris les leur cassant encore un peu plus quand ils rentrent tard dans la nuit et que ça leur prend. Parce qu'ils n'ont pas envie de dormir. C'est parfois si pesant le poids d'un homme. Elles endurent c'est bien de la chance d'en avoir un. La sarriette et le romarin. Compter un sou après un autre pour nourrir les enfants. Ne pas regarder la jolie paire de chaussures dans la vitrine de la rue Passegrin. Souhaiter que les cheveux ne blanchissent pas prématurément. Ces vieilles sur leur banc, il leur faut bien tricoter les heures. Le Jardin fleuri. On dit que les peines et les chagrins pâlissent avec le temps. Madame, sur quoi poussent les fleurs de votre jardin ? Entre quelles mauvaises herbes les mauves et les jonquilles ? Quelle terre encore est à sarcler après tant d'années ? Les poules dans leur enclos picorent les vers, le soir on les enferme. Ma mamie Marcelle pépie pour les appeler. Petit, petit, petit…! Sa voix douce, son regard bleu. Je prie pour qu'elle ne meure pas avant mes vingt ans. Parce que je l'aime. Le bon Dieu ne m'a pas exaucée. J'ai quatorze ans, plus personne ne clôt le poulailler vide. Le Jardin fleuri. Vous avez des chats ? C'est au paradis que vous trouvez de quoi les nourrir ? Petit, petit, petit... ! Minou, minou, minou... ! Ils ronronnent sur vos genoux ? On dit que les chats sont des guérisseurs, vous irez jusqu'à cent-vingt ans, madame. Je sais que François m'attend dehors, je devrais me lever, sortir de la chapelle plutôt que de me laisser gagner par des pensées sombres. Ce n'est pas un jour de tristesse, celui de l'anniversaire. A-t-elle l'intention d'embarquer sur la Marie-Joséphine cette vieille dame avec sa tête d'oiseau ? C'est la caravelle que j'avais choisie. Est-il possible de changer mon billet ? On dit que rien n'est impossible, jeune fille, mais les habitudes sont vite attrapées. Les mauvaises manies, les vices, la rêverie, on s'y laisse prendre, on s'accoutume. Ensuite, on ne change pas de billet aussi simplement qu'il suffit de le dire. Elle replie soigneusement les déchets pour les chats. Le fermoir du cabas clique dans le vide. Je vais la suivre, curieuse de voir où elle va avec sa boule de papier journal. Je pourrais lui proposer les services de François. Creuse, bon chien, creuse dans le jardin fleuri. On va recouvrir la dame de terre, de sable, d'or. Mais avant, qu'elle nous montre l'endroit. Nous allons faire la route ensemble. On s'en souviendra des années plus tard. On s'en souviendra.

Docteure, savez-vous qu'il m'arrive de chanter ? Oh, je ne chante pas fort. Je n'ai jamais braillé à tue-tête. Disons, je fredonne, je psalmodie, je délire en sourdine. Appelez selon votre science les sons que j'émets. J'allais dire « entre mes dents », ce qui n'est qu'une façon de parler, puisqu'il n'y a plus une dent dans ma bouche. Disons ce qui sort de mon gosier, j'ai le sentiment de chanter. Pour les blouses blanches, ce sera la vieille qui râle nuit et jour même sa voisine de chambre n'en peut plus. Vous n'avez pas appuyé sur la sonnette, je vous en remercie. Mais, je le sais, un jour ou l'autre, ils m'auront. Tous n'auront pas votre amabilité. Vous allez vous tenir tranquille maintenant grand-mère, sinon c'est la piqure ! Ce n'est pas un moustique comme vous qui nous fera perdre la journée, vous êtes prévenue. Il suffirait que je tombe dans la rue. Sous le prétexte de m'avoir ramassée, ils ne me laisseront jamais retourner au cabanon. Non seulement je serai enfermée, mais en plus ils me harcelleront. Ils me demanderont où j'habite, ils voudront des documents, une carte de sécurité sociale, une pièce d'identité, des factures d'EDF, quoi d'autre encore ! Je n'ai que la peau sur mes os, c'est ma seule identité déclinable. Ils me confisqueront la clef du cadenas du cabanon. Un cadenas de rien du tout. Je l'ai récupéré sur la valise d'une petite fille. Un jouet d'enfant bleu. La fillette s'amusait à faire des allers et retours sur le trottoir devant chez elle. Elle jouait à la voyageuse. Elle portait une salopette toute fleurie. Des marguerites. Il y avait bien longtemps que je n'avais pas vu un champ de marguerites. Au cabanon, entre les gravats, il pousse peu de fleurs, hormis de modestes fleurs bleues, du myosotis. Au printemps, on croirait qu'il en neige durant la nuit. Chaque matin, en ouvrant la porte, je m'émerveille. Par contre, non, aucune marguerite. Quand je suis passée, le champ de marguerites ondulait sur les jambes de la petite fille au rythme de ses allées et venues. Comme je connais la vie à mon âge, je me suis dit que sa mère devrait surveiller son enfant au lieu de la laisser déambuler sur un trottoir. Avec sa longue tresse dans le dos, et ses marguerites sur les cuisses, il ne serait pas impossible que quelqu'un ait idée de la cueillir, cette enfant. En la voyant, mes jambes se sont mises à trembler. J'ai imputé leur fébrilité à la fatigue, mais au fond, je n'en ignorais pas l'origine. Elle m'a demandé s'il y avait plus de cent kilomètres d'ici à la mer parce qu'elle voulait y parvenir avant la nuit. Vous comprenez, j'aurais peur de marcher dans le noir, il faut que je sois arrivée avant. Comme je ne lui répondais pas, elle a haussé des épaules. Moi, je ne pouvais pas parler, mes jambes tremblaient trop fort. Sur ce, une voiture s'est présentée, un monsieur assis au volant.

Il a ralenti pour adresser un signe à l'enfant. C'était une invitation à monter près de lui. La fillette m'a regardée, elle avait de très beaux yeux verts. J'aurais aimé lui dire de rentrer chez elle, la mer n'est pas si loin, mais il vaut mieux que tu partes de bon matin pour arriver avant la nuit. Pour l'heure, il est trop tard, retourne à ta maison. Pourtant, toute tremblante, je savais qu'à sa place, moi non plus je n'avais pas envie de rentrer chez moi. Comme elle, je souhaitais filer sur la ligne d'horizon au bord de la mer. Je voulais quand même l'encourager à se montrer raisonnable parce que je connais la vie. Le monsieur avait l'air de s'impatienter, il a quitté son volant afin d'ouvrir la portière pour cette jeune voyageuse. Il ne me voyait pas, il ne regardait que l'enfant, les marguerites, la tresse, les yeux verts. Il s'est penché pour lui parler à l'oreille en lui faisant une caresse sur la tête. Elle a sauté dans la voiture. Après tout, tu n'es qu'une vieille chouette, pourquoi cette enfant n'aurait-elle pas un gentil papa ? En même temps, quelque chose me disait que ce n'était pas son père, ce monsieur. Tu auras toujours l'esprit malsain, ma fille. Tu n'as pas honte de voir le mal partout ? Est-ce que le voisin n'a pas le droit de garder fermés les volets de la chambre dans laquelle sa femme s'est éteinte ? Tu n'es qu'une sans-cœur. Oui maman. Oui. Aussitôt la voiture redémarrée, la vitre du chauffeur s'est abaissée et la valise bleue a été éjectée. Je pense que la petite fille a dû crier, je ne sais pas. Peut-être avait-elle trop peur pour cela. Je suis allée récupérer sa valise, c'est là que j'ai trouvé le cadenas avec sa clef. Il n'y avait rien dans la valise. L'enfant partait à la mer avec une valise vide. J'ai laissé la valise, mais j'ai pris le cadenas. Pour ce qui est des papiers, comme la petite fille ma valise est vide. Je n'ai jamais été douée pour les papiers. Jamais. L'âge n'est pas en cause. Les papiers m'ont toujours rendue malade. Les papiers m'ont toujours donné envie de pleurer. Les blouses blanches si elles me coincent me priveront de ma liberté. En un rien de temps, une racaille de mon espèce aura déniché mon cabanon si je le quitte d'une seule nuit. Vous n'imaginez pas ce que c'est, docteure. Je dois tenir jusqu'au retour des beaux jours, j'ai un rendez-vous. Aucun savant n'est à ce jour parvenu à expliquer le ronronnement des chats. Bien sûr, lorsqu'ils sont contents, roulés en boule sur vos genoux, au chaud, le ventre plein, sans menace alentour. Mais on a constaté qu'ils ronronnent également quand ils sont anxieux, qu'ils se sentent en danger. La porte close de mon cabanon, assise sur une caisse le dos contre la porte, il m'arrive de chantonner. Dans le noir des nuits d'hiver. Je ne reste pas très longtemps ainsi, parce qu'il fait vite froid. Je déplace la caisse. Je la tire. Je la traîne jusque contre la paroi qui jouxte les ateliers de la ville. La chaleur des moteurs de l'autre côté parvient à me chauffer un peu. Une chance inouïe, mon cabanon. Alors, oui, je chantonne. Il ne faut jamais désespérer, n'est-ce pas ? Entre les tôles de mon abri, dans l'obscurité, blottie sur moi-même, enroulée dans mes nippes grises, je ronronne. J'oublie l'eau, le savon. Je ne pense plus à rien. Les bras repliés sur le ventre, je murmure une berceuse. Celle de la mort, si douce, si douce. Le soleil a rendez-vous avec la lune, si douce, si douce. Une pluie d'étoiles scintille sur mon ciré, je cours par la ville, mes pieds sont légers. Si douce, si douce. Je dévale une pente, c'est facile, facile. Toutes les rues descendent, jamais une n'est dure à la semelle. Tant va la cruche à l'eau qu'elle se brise. Les dictons sont imbéciles, moi, j'ai mon cabanon. Une chance inouïe. Si seulement je n'étais pas obligée de le quitter l'eau, le savon, c'est difficile.

Les mercredis en sortant de l'Association, je fais très attention à ce qu'aucune des paires de pieds qui ont attendu en même temps que moi leur cabas pour la semaine ne me suive. Je ne me fie à personne. Je surveille chacune des paires de pieds rangées sous les chaises dans le hall d'accueil de l'Association. Il y en a une toute petite. Sa propriétaire porte des bas sur lesquels elle enfile de grosses chaussettes vertes. Des surplus de l'armée. Les chaussettes tombent sur ses chevilles. Cette personne devrait avoir la décence de revêtir des pantalons plutôt que cette mauvaise jupe coupée dans une toile si rêche qu'on dirait les joues d'un vieux mal rasé. Aucune paire de chaussettes de l'armée ne peut être à sa taille tant ses pieds sont petits. Elles doivent se mettre en plis dans ses souliers. J'espère pour elle qu'elle n'a pas trop de chemin à parcourir de chez elle à l'Association. Avec les chaussettes en paquets sous les pieds, on souffre le martyre. Si longue que soit l'attente, les pieds demeurent immobiles. Cela peut durer une heure, pas un mouvement. Ils sont collés l'un à l'autre, comme deux gosses apeurés à l'idée de se perdre. Ils se tiennent par le lacet, ils ne bronchent pas. Timides, ils essaient de se faire remarquer le moins possible. Quand arrive leur tour, les deux pieds peinent à se séparer. C'est une vieille pas tout à fait d'aplomb, elle marche comme si elle était chez elle dans ses feutres sur son parquet ciré. Les autres s'agacent d'une telle lenteur. Ce n'est surement pas parce qu'ils sont pressés, ils redoutent qu'il ne reste plus rien pour eux. La dame de l'Association calme tous ces pieds, elle leur dit de n'avoir aucune crainte, nous sommes au début de l'hiver, nos étagères regorgent de tout le nécessaire. La tension retombe.

Moi aussi, certains matins, je peine à décoller mes pieds du sol. Le moindre caillou et je trébuche. Si cela m'arrive quand j'avais prévu de sortir, je remets mon projet. L'eau, le savon, la nourriture, ce sera pour une autre fois. Surtout, ne pas prendre le risque de tomber en pleine rue. Ça en serait fini du cabanon. Je me retrouverais à l'asile, attachée dans un lit, une couche en plastique autour du ventre. Plutôt mourir ! Bonjour, madame, pouvez-vous m'indiquer la chambre de ma grand-mère ? Ma pauvre petite fille, elle n'ouvre plus les yeux depuis trois jours, tu la trouveras à la chambre vingt-quatre. De quoi se souvient-on, docteur ? Le courage m'a manqué pour me rendre à son chevet. Si près de ma mort, j'y pense encore. N'ouvre plus les yeux depuis trois jours. Son regard doux si précieux. Mamie Marcelle, je voulais que tu vives jusqu'à mes vingt ans, ce fut bien loin du compte. N'ouvre plus les yeux depuis trois jours. Le courage m'a manqué. Je n'ai pas dit adieu à la seule personne que j'aimais. Tiens, gamine, pour cette fois, je te donne deux pièces supplémentaires, cela te permettra d'acheter une fleur pour ta grand-mère. Une pluie d'étoiles sur mon ciré, je cours dans les rues de la ville, je cours devant les voitures. La lumière de leurs phares m'éclabousse. Des mains d'hommes sortent par les fenêtres pour m'attraper, je cours, leurs rires tintent à mes oreilles. Ah, ils peuvent s'esclaffer, mes jambes sont agiles, mes pieds légers. Mon cœur lourd, lourd. La berceuse de la mort, si douce, si douce. J'entends les piécettes tomber au sol. Qu'ils jettent toute leur monnaie, je ne me baisserai pas pour ramasser un centime. Je ne me mettrai pas à quatre pattes, je ne leur montrerai pas ma petite culotte. Pas aujourd'hui, grand-mère voyage, elle monte au ciel. Mon ciré scintille sous une pluie d'étoiles, mes cheveux en sont gorgés de brillance. Mes cheveux que grand-mère peignait avec un si grand soin. Cette soie, ma chérie ! On dirait la chevelure de maman, je l'admirais lorsqu'elle se coiffait pour partir à la messe.

Quand j'ai coupé net mon chignon, il est tombé à mes pieds comme une pomme. J'ai pensé un instant le ramasser et le garder afin de ne pas peiner grand-mère, malgré les années passées. Je n'avais pas de boîte dans laquelle le conserver, heureusement. Quel encombrement, cette touffe de crins ! J'aurais détesté avoir ça dans un coin du cabanon. Grand-mère, tu dois me pardonner. Je n'ai même pas demandé à François de creuser un trou pour enterrer le chignon. Je l'ai saisi du bout des doigts, je ne sais pas pourquoi, mais j'avais la nausée au contact de cette boule de cheveux. J'avais l'impression de tenir une bestiole crevée. Malgré ma répulsion à m'éloigner du cabanon, je suis allée très au-delà du commissariat l'enfouir dans un conteneur. Je me suis mise à grelotter avec ce chignon dissimulé dans ma poche, comme si j'avais sur mon dos un cadavre que j'aurais fraîchement assassiné. Ce n'est pas si simple de se débarrasser d'un cadavre. Quand j'apercevais une poubelle, chaque fois, soit un passant se présentait au bout de la rue promenant son petit chien, soit, j'entendais le moteur d'une voiture. Au moment de croiser l'homme au petit chien, j'avais une peur bleue que l'animal ne renifle quelque chose. Heureusement, les chiens je les ai toujours aimés. Il n'a fait montre de rien. Il n'a pas dénoncé la dépouille dans ma poche à son maître. Plus le temps passait, plus j'éprouvais de la répugnance à avoir ça sur moi. J'en oubliais complètement la drôle de tête d'oiseau que ça me faisait depuis que le chignon gonflait ma poche au lieu de trôner sur mon crâne. Il faut dire, docteure, qu'il n'y a pas de miroir au cabanon. Dans les premiers temps, non, pas exactement parce qu'au départ, j'étais si assommée, la tête complètement vide. Dans ma vie, je n'ai jamais été dans le coma, mais au début du cabanon, mon état de sidération en était assez voisin. D'ailleurs, je n'ai gardé aucun souvenir de ces quelques premiers jours. Disons, plus tard, il m'est arrivé une ou deux fois de me chercher du regard. Une sorte de réflexe, quelle tête puis-je bien avoir aujourd'hui. Docteure, ne vous êtes vous jamais surprise à observer votre image dans une vitrine, une glace d'ascenseur ? Moi, sans fesses, sans seins, je n'ai jamais été une belle femme. Seuls les os ont poussé. Les volets toujours clos de la maison d'en face. Tu es bien sûr pour le sang ? À ton âge, ça pourrait venir. Oui, vers les dix ans, c'est possible qu'elles débarquent. L'odeur désagréable de la chambre avec son lit immense. Celui dans lequel s'est assoupie la femme pour ne plus se réveiller. Une unique petite lampe posée à même le sol, elle faisait surgir des ombres effrayantes. Je fermais les yeux pour ne pas les voir. La mienne disparaissant sous l'autre qui la couvrait au point de pratiquement m'étouffer. L'habitude m'est restée de ne pas trop chercher mon image dans un miroir. Juste le nécessaire pour vérifier la propreté. Maintenant, l'eau, le savon, c'est difficile. Alors, pour la propreté, on s'arrange comme on peut. Finalement, j'ai fini par jeter le chignon, non pas dans une poubelle, mais dans une bouche d'égout. J'ai jugé cette solution préférable. Je me suis dit que les rats trouveraient à s'en faire un nid, ainsi nul risque qu'on le découvre un jour. Le crime parfait. J'étais assez fière de moi. Je suis rentrée au cabanon de mon pas habituel, mais intérieurement, je courais, mon ciré scintillait sous une pluie d'étoiles.

Un soir semblable aux précédents, je me mets au lit. J'ignore encore que demain je ne déposerai pas ma fatigue entre ces draps. Combien de nuits vides de rêves encloses dans cette chambre ? La réponse m'indiffère. J'ai abandonné les comptes, autant celui des années écoulées que celles à venir. Je pérégrine sur un fil qui n'est plus celui d'un horizon lointain bleu azur. Au jour le jour sur place du matin au soir, du soir au matin mon espace s'est amenuisé, je ne trottine plus que dans mon crâne. Ce soir, comme hier, comme demain, le galet sur l'étagère de la bibliothèque ne me délivre aucune amitié. Il est mélancolique dans cet environnement, il n'a jamais supporté son exil. Je l'ai soustrait du bord de la mer. La gamine s'était promis si elle l'atteignait un jour de ne plus en bouger. Pourtant le reflux est arrivé, elle était brisée. Comment cela s'est-il fait ? On va, on vient, on pense « c'est provisoire ». Et les années passent, le corps devient moins mobile, les étoiles ne scintillent plus sur votre ciré. Les mains des hommes ne se tendent plus par les fenêtres des voitures pour vous cueillir. Leurs phares ne vous éclaboussent plus, même si vous vous jetez dedans. Longtemps après votre retour, vous trouvez enfin le courage d'aller vérifier les volets clos de la maison d'en face. Depuis des mois que vous rôdez aux environs sans parvenir à tourner le dernier coin de rue. Sait-on jamais ? Vous ignorez ce qu'il y aurait à savoir. Aujourd'hui, chaque pièce a ses volets ouverts. Le jardin impeccable. La chambre où la femme s'est éteinte dans son lit est celle d'une adolescente qui, lorsqu'elle n'est pas à sa table en train de faire ses devoirs, écoute de la musique un casque sur les oreilles en dansant devant son miroir. Aucune trace de votre drame ne subsiste, seule demeure en vous la voix du voisin. Vous la sentez tourbillonner dans les airs, vos tympans en sont déchirés. Tiens, gamine, trois pièces pour ta tirelire, et motus et bouche cousue. Le doigt très long sur les lèvres piquantes. Motus et bouche cousue. Le temps a accompli son œuvre, il a tout aplani. Les fesses, les seins, le sang, les ombres effrayantes, la petite et la grande s'agitant par-dessus, au point de ne plus pouvoir respirer, tout cela a-t-il eu lieu ? Qui pourrait en témoigner aujourd'hui ? Je n'exhumerais pas l'ombre d'un os du chien François si j'allais creuser dans le jardin. Les bêtes sauvages. Pourtant, je crois me souvenir avec précision de l'endroit où il a été enterré. La terre était blanche, les orties poussaient vite dans ce coin-là. Je posais ma joue à l'emplacement où se trouvait François, elles me brûlaient si fort que j'espérais en mourir. Maintenant que j'ai vu, dès demain je peux repartir. Bonjour, je voudrais un billet pour la mer. Mais, madame, vous n'avez pas le compte. À ce prix, vous êtes à trois-cents kilomètres des premières vagues.

J'avais emmené le galet avec moi à la gare, je le caresse pour trouver du courage. Je te promets, petit galet, après-demain, nous retournerons acheter un billet, la somme y sera. Un jour, en le regardant, j'ai deviné qu'il ne me croyait plus. Il me laissait parler, mais il ne m'écoutait plus. Il pleurait. S'il l'avait pu, il se serait dissout. Pourtant, j'ai pris soin de le placer près de Virginia Woolf il se moque bien de la littérature. Moi aussi, aujourd'hui, je m'en moque. Plus aucun bateau n'est passé sous ma fenêtre depuis si longtemps. Au point qu'il est arrivé que j'abandonne. Depuis combien d'années m'as-tu sorti du lit des vagues ? Je ne sais plus. J'aimais le fracas que nous faisions quand elles nous précipitaient les uns sur les autres, nous roulions sous leurs langues à l'unisson, c'était une splendide vie de galet. Nous avancions vers notre destin, d'ici des millénaires, une belle plage dorée. Par ta faute, il manquera quelques grains sur la grève. Tu t'es interposée entre le créateur et son œuvre, embarrassée de toi. Tu n'es qu'un vermisseau, certes, mais vous êtes innombrables à l'être. L'innombrable est dangereux. Je te connais, tu vas te chercher des excuses, me parler des volets clos de la maison d'en face, ressasser quelques tragédies d'enfance. Sais-tu que je m'en fous de tes histoires ? Vous avez tous vos histoires et vous foutez le bordel où que vous alliez. Tu n'as pas honte ! Si, galet. Si, j'ai honte. Mais je ne peux tout de même pas te jeter par la fenêtre. En agissant ainsi, je n'aurais rien réparé. D'ailleurs, mes bras n'ont plus la force d'une telle action. Regarde-toi, tu es couvert de poussière. Tout est couvert de poussière. J'ai abandonné. Je n'entretiens plus l'appartement. Cela fait des mois que vous n'ouvrez plus votre boîte à lettres, madame. Des mois que vous ne payez plus vos factures. Je dois le reconnaître, la boîte aux lettres, les factures, des mois, oui, à les oublier.

L'ampoule est grillée depuis longtemps, je me glisse dans le noir dessous la couverture. Sans m'en douter, j'accomplis cette gymnastique pour l'ultime nuit dans cette chambre. Vous le savez, docteure, vous qui voyez mourir bien des gens, on ignore le plus souvent que l'irrémédiable est à la porte. C'est d'ailleurs mieux ainsi. Les choses en sont rendues moins pénibles. Lorsque vous êtes allée retrouver l'amant dont vous vous étiez déjà lassée, vous saviez que ce serait votre dernier dîner ensemble. Vous ne saviez pas encore si vous auriez le courage de l'en prévenir dès le restaurant. Peut-être vous laisseriez vous attendrir, en vous imaginant lui souffler les mots de la rupture dans le creux de l'oreille juste après sa jouissance. Autant attendre qu'il soit assoupi, ce sera plus facile de lui parler pendant qu'il dort. Il aura tout le temps de réaliser votre absence à son réveil. N'empêche, le repas vous semblait interminable avec cette conscience de la dernière fois. C'est probablement pourquoi vous n'avez pas appuyé sur la sonnette. J'ai eu de la chance. Vous manquiez d'enthousiasme, ce jour-là. Vous manquiez de force pour un geste prompt et définitif. Vous alliez tergiverser le soir, dans l'après-midi, vous étiez déjà installée dans l'hésitation. À l'inverse, lorsque celui que vous aimiez réellement n'est pas venu au rendez-vous, vous chantiez, heureuse dans votre salle de bain. Vous n'aviez pas conscience d'être en train de vous apprêter pour lui pour la dernière fois. Pressée de vous serrer dans ses bras, d'entendre sa voix, de sentir ses lèvres sur les vôtres. Bien qu'impatiente, vous savouriez le moindre instant de vos préparatifs. Vous faire belle était une fête. En rentrant, vous avez jeté la blouse blanche dans la panière de linge sale. Souvent, nous traînons nos savates dans un coin de votre tête durant la soirée. Là non vous avez rendez-vous, vous voulez plaire, vous êtes amoureuse. Nous passons dans la corbeille de linge sale avec la blouse blanche. Tout ce que vous portiez la journée y atterrit. Nue, vous vous observez dans le miroir. Plus rien n'existe, hormis ce corps que vous inspectez, non plus comme un médecin, mais comme une femme qui se regarde telle qu'elle souhaiterait être contemplée par celui dont elle est amoureuse. Vous vous assurez de la peau douce des jambes, des muscles fermes du ventre, de la fraîcheur des seins, de leur maintien, de leurs arrondis gracieux. D'un doigt vous écartez votre fente son abondance l'émeut tant. D'une caresse vous remerciez la fontaine pour sa générosité, vous savez que c'est une manière de l'attacher à vous. Comme cela me plaît de te donner tant de plaisir ! Ces mots dans sa bouche vous ravissent. Au fond, c'est un homme qui doute, fragile sur certains côtés, fier et tendre vous faites mentalement le tour des qualités que vous lui prêtez tout en vous caressant. Vous êtes pressée et vous prenez votre temps. Vous n'avez pas conscience que rien ne se passera comme vous l'espérez. D'ici trois semaines, vous avez quatre jours de repos, si vous lui proposiez d'aller ensemble voir la mer ? C'est si beau la mer en hiver, les hôtels quasi déserts. Quatre jours de bonheur. Lui, pour vous seule. Faire l'amour, marcher sur les plages, échafauder des projets quatre jours entiers. Votre exaltation vous emporte. Ce jour-là, vous auriez appuyé sur la sonnette. Hop ! Hop ! Les pages du registre m'auraient happée. Nos existences tiennent à peu de choses.

 Vous vous demandez de quoi je me mêle,

docteure. Je le reconnais, je ne devrais pas vous espionner de la sorte. Surtout à mon âge, quel comportement répugnant ! Rassurez-vous, je ne parlerai à personne. Je n'ai plus partagé de secrets avec quiconque depuis la mort du chien François. Il était fauve comme le feu et doux comme personne à la maison. Non, soyez sans crainte, une tombe, motus et bouche cousue. D'ailleurs, j'ignore où vous habitez. Je crois avoir entendu la dame de l'Association vous appeler Anne. Cela me revient subitement. Elle a frappé à votre porte, Anne, êtes-vous disponible ? Il y a ici une vieille femme qui aurait besoin que vous la voyiez. Anne, un joli prénom. La mère de Marie. Sainte-Anne. Non loin de la mer, un fameux sanctuaire lui est dédié. Vous pourriez aller le visiter avec cet homme pendant vos quatre jours en amoureux. Vous ne savez pas encore qu'il ne sera pas au rendez-vous. Vous ne savez pas encore qu'il n'a aucune intention de vous joindre. Ni ce soir, pour vous prévenir, ni plus tard. Vous n'aurez jamais aucune explication sur son attitude. Pendant des mois, vous chercherez à comprendre. Sur le coup, vous pensez à un accident. Vous contactez tous les hôpitaux de la ville. En vain. Non, aucun patient de ce nom n'a été admis dans un service d'urgence cette nuit. Vous vous épuiserez à mener une vaine enquête. Vous retournerez partout où vous étiez sortie avec lui dans l'espoir d'obtenir un renseignement. Rien. Anne, vous avez l'air fatigué. Ce n'est pas le moment de flancher, nous ne trouverions personne pour vous remplacer. L'hiver promet d'être froid, ce serait terrible pour tous ces malheureux. Ma pauvre Anne, quelque chose ne va pas pourtant. Je vous sens à bout, morose. Vous avez remarqué, Anne, comme la dame de l'Association flaire ce que l'on espère lui cacher. Elle est très gentille, mais je me méfie. S'il lui prend l'idée en me voyant ployer sous mon cabas qu'il m'est impossible de me débrouiller seule, par bonté elle me désignera aux blouses blanches. Un de ces mercredis, quand je me présenterai, ils seront là à m'attendre. Ce sera la dernière fois que je me serai rendue à l'Association. Une dernière fois de plus ! Il y a de très nombreux premiers jours dans la vie, tout autant de dernières fois.

Vous êtes encore dans votre salle de bain, Anne ? J'imagine l'eau chaude coulant de votre robinet. Avant de vivre au cabanon, j'avais eu l'occasion de m'habituer à l'eau froide. Un matin, je m'étais débarbouillée comme je le pouvais parce que je ne pouvais plus escalader la baignoire depuis quelque temps déjà. Je me lavais au lavabo, mon chignon avait commencé de poser problème, mais je n'y pensais pas vraiment. Je me débrouillais. Le lendemain, il ne coulait que de l'eau froide, et toutes les ampoules avaient grillé ensemble. Plus de lumière ni dans la cuisine ni dans la chambre, nulle part. Comme je ne peux pas monter sur un tabouret pour les changer, je reste dans le noir dès la tombée de la nuit. Plus d'eau chaude. Tout s'est effrité de la sorte, un jour après l'autre. Je le constate sans le réaliser vraiment. Mes pensées vagabondent, mon esprit se détourne des petits soucis du quotidien je remets les problèmes. Que voulez-vous ? Personne ne tient la barre. J'ai abandonné. Les ruminations vont leur train à leur guise. Avec des périodes de calme, d'autres d'agitation. Je prends tout ça comme ça vient.

Aujourd'hui, je ne saurais plus quoi faire d'un robinet d'eau chaude. L'eau froide, oui, pour boire, pour les oiseaux en été durant la sécheresse. Mais l'eau chaude… Je n'arrive plus à me représenter me déshabillant pour passer sous la douche. Je n'imagine plus quitter mes nippes grises, mettre à nue ma peau. Je crois qu'elle partirait en lambeaux avec les nippes. Je crois que mes doigts ne sauraient plus dénouer les lacets de mes chaussures. La dame de l'Association s'enthousiasme. Regardez, j'ai reçu tout un stock de paires de chaussures quasi neuves. Il me semble que celles-ci devraient être à votre taille. Avoir les pieds correctement équipés pour l'hiver, c'est capital. Sinon, on tombe vite malade. Ce n'est pas nécessaire de les mettre dans votre cabas, vous allez tout de suite les passer. Cela permettra de vérifier si vous êtes bien dedans, et par la même occasion elles n'encombreront pas votre sac. Creuse, bon chien, creuse ! Avec sa jolie jupe écossaise aux carreaux si bien ajustés et ses belles jambes sous ses collants clairs, elle voudrait que je quitte mes vieilles chaussures devant elle. La dame de l'Association devine ma gêne. Vous n'avez pas à avoir honte, cependant, si vous le souhaitez, passez dans la petite pièce pour les essayer tranquillement. Moi, dans le cagibi, je ne sais pas quoi faire. Il est de la taille de mon cabanon, il y a un tabouret. Un portemanteau accroché au mur. Heureusement pas de miroir. Je crois que j'aurais crié de me retrouver face à face avec ma bouche édentée et mes nippes grises.

J'essaie de convoquer mes oiseaux pour me donner du courage. Les poules de Chine, les oies du Bengale, toutes mes cantatrices. Je me demande si en m'asseyant sur le tabouret j'atteindrai plus facilement les lacets. Avec mes os tout en longueur, ils ne veulent plus se plier désormais. Ma basse-cour chante s'il te plaît ! Chante pour moi ! La berceuse de la mort, si douce, si douce. J'hésite. Quoi faire ? Si je ne bouge pas, la dame de l'Association intriguée viendra voir ce qu'il se passe. Heureusement, beaucoup de paires de pieds attendent leur tour de distribution. Le mercredi, c'est la banque alimentaire. Les vêtements et le fourbi, c'est le vendredi. La dame de l'Association fait une exception pour moi, elle a compris que je ne voulais pas me rendre deux fois dans la semaine ici. Quand elle a des choses dont elle pense qu'elles me seront utiles, elle m'en parle le mercredi. Les perdrix du Japon et les outardes du Canada. Basse-cour, chante ! Chante pour moi, je dois parvenir à retirer ses satanés brodequins de mes pieds. Si je le veux, les Andalouses dansent le flamenco dans les flaques devant mon cabanon. Si je le souhaite, lorsque je suis en forme, une féerie, mon cabanon ! Les lacets sont collés de boue, c'est impossible de les dénouer, il faudrait une paire de ciseaux. Je n'ai plus de dents pour en faire office. D'ailleurs, comment ma bouche et mes pieds se joindraient-ils ? Misérable, tu n'es plus la funambule sur sa ligne d'horizon ! Funambule ? J'avais oublié ce mot, maintenant qu'il me revient, je me demande si Zaratousthra n'était pas funambule. Mais qui était Zaratousthra ? Fichue mémoire ! De quoi se souvient-on, docteur ? Quand je tente d'enfiler des chaussures encore en très bon état, je me souviens de Zarathoustra. Cette personne me dit quelque chose, mais ce n'est pas clair. Un nom revenu dans mon désarroi. C'est cocasse, n'est-ce pas docteure. N'est-ce pas, Anne ?

   Décidément, votre prénom me plaît. Si je

m'étais appelée Anne, qui peut dire ce que ma vie aurait été. J'aurais porté votre blouse blanche, au lieu de mes oripeaux en peau de rêves. Ils ont crevé comme bulle de savon, les rêves. Je n'étais peut-être pas assez studieuse pour gravir les sommets jusqu'à revêtir la blouse blanche, du moins, si je m'étais appelée Anne, qui sait si je n'aurais pas travaillé au Monoprix. La vieille, qui était mon autre grand-mère sans l'être parce que nous ne nous aimions pas et que je détestais les bruits de succion tandis qu'elle s'enfilait une pastille de Vichy après l'autre dans la bouche comme un automate, estimait qu'avec un peu de chance je pourrais être embauchée à Monoprix. D'évidence la chance n'était pas avec moi. Cependant j'aimais bien aller au Monoprix tout de même. Avec les piécettes que je ne déposais pas dans ma tirelire sinon ma mère les aurait trouvées et forcément cela aurait fait des tas d'histoires. D'où vient cet argent, voleuse ? Tu me voles, n'est-ce pas ? Je m'en suis toujours doutée. Décidément, il n'y a rien à espérer d'une telle gamine. Je vais te traîner dans la cour de l'école. Je vais demander à ton institutrice de te mettre une pancarte dans le dos, écrit dessus «Je suis une voleuse». Tu me le diras à la fin, d'où tu tires cet argent ? Non, maman. Non. Je ne parlerai pas des ombres, la petite couverte par la grande, disparaissant sous elle. Il est impossible pour la petite de crier, de respirer. L'autre la déchire à grands coups, le sommier va s'effondrer, je vais mourir. Motus et bouche cousue. Je vais au Monoprix. J'achète un bâton de rouge à lèvres, couleur cerise. Sans fesses, sans seins, mais la bouche peinte. Une fois, ce n'est plus le voisin de la maison aux volets clos, c'est un autre monsieur. Son train avait du retard, il souhaitait occuper son attente. Sans fesses, sans seins, mais les lèvres rouge cerise. Tiens, gamine, un billet pour toi, mais n'oublie pas : motus et bouche cousue. Soyez sans crainte, monsieur je connais la chanson depuis longtemps, longtemps.

Satanées godasses, mes pieds ont dû enfler dedans, je ne peux pas les retirer. Bécasses de Sologne, grues cendrées, chantez pour moi la berceuse si douce, si douce, la berceuse de la mort. Elle va appeler les blouses blanches rien que pour une histoire de chaussures. François, tu dois m'aider. Si tu tires avec tes dents, à nous deux nous y arriverons. Tant pis si mes pieds restent dans les vieilles chaussures. Je collerai les neuves en bas des jambes de pantalon. Je vous remercie, madame, regardez, elles me vont à merveille. Les os tout en longueur de mes jambes plongeant directement dans les chaussures. On peut très bien se passer de pieds finalement. Aide-moi, bon chien, aide-moi. Les bernaches de Saïgon, les aigrettes de Hanoï, chantez ! Chantez ! Alors, ces chaussures ? Elles sont impeccables n'est-ce pas ? Si la dame de l'Association entre maintenant dans le cagibi, elle me verra pleurer. Les larmes, est-ce un motif pour appuyer sur la sonnette ? Vous pleurez, madame ? Oh, vous n'avez pas mis les chaussures ! Je vais me lever du tabouret, sortir du cagibi. Après tout, il ne me reste plus qu'un hiver à endurer, mes vieilles chaussures iront encore quelques mois. Je vais dire à la dame de l'Association, c'est bête, mais la droite me serre. Vous ne croyez pas qu'il faut les porter quelques jours pour qu'elles se fassent à vos pieds ? Je ne sais pas, si peut-être. Alors, pour cette fois, vous serez plus chargée que d'habitude vous allez devoir emporter les chaussures dans un sac, en plus de votre cabas de provisions. Ce ne sera pas trop lourd ? Je pense que ça ira. Si je m'aperçois que décidément les chaussures me blessent trop, je les ramène mercredi prochain. Parce qu'elles sont effectivement toutes bonnes, ce serait dommage que quelqu'un n'en profite pas. Oui, vous êtes gentille. Voici le cabas. À mercredi prochain. Oui, à mercredi, à mercredi, avec mes belles chaussures aux pieds, je marcherai aussi vite que le chat botté ! Surtout pensez à mettre du papier journal humide à l'intérieur de celle qui vous serre, ça la ramollira. Oui, vous avez raison, du papier journal humide, c'est une bonne idée, je n'y aurais pas pensé. À mercredi, à mercredi.

J'imagine m'être étendue sur le lit, faute de n'avoir pu rien faire d'autre dans le noir, toujours est-il, à mon réveil, je suis allongée à même le sol dans une cabane de chantier. La lumière du jour entre par une fenêtre, la porte est fermée. C'est donc qu'avant de me coucher par terre, j'ai pris la précaution de la tirer derrière moi. De quoi se souvient-on, docteure ? Je me souviens d'événements anciens, certains avec précision, d'autres sont plus improbables. Mais je n'ai aucun souvenir des heures, peut-être plusieurs jours, entre les derniers instants passés dans l'appartement et celui où je suis sortie du sommeil me découvrant dans une cabane de chantier.

Au fil des semaines, la visite du monsieur m'est revenue par bribes à la mémoire. Dans les premières heures au cabanon, ne se trouvait dans mon esprit nulle trace de ce personnage et de ses menaces. Madame, cela fait des mois que vous n'avez pas ouvert votre boîte aux lettres, par conséquent que vous ne payez plus aucune facture. Il semblerait que vous ne vous êtes pas même aperçue que tous les appartements autour du vôtre s'étaient vidés de leurs locataires. Heureusement, il ne voit pas que je hoche la tête. Moi, je sais bien, je me souviens parfaitement de la dame à la robe de chambre rose et ses paons sur le devant du vêtement. C'était une voisine. Je me souviens lorsqu'elle discutait avec d'autres voisines. Mais, c'est vrai, le monsieur est trop jeune, c'était avant. Avant quoi ? Qu'en penses-tu, mon chien François ? Heureusement, le monsieur ne voit pas ma main caressant tendrement ta tête. Avant quoi ? Avant qu'un trou soit creusé pour toi dans le fond du jardin. Je me souviens, je suis allée chercher mon drap pour que tu ne sois pas déposé à même la terre. Je me souviens de ma mère quand elle a découvert que le drap avait été enterré avec ce sale chien. Toute une histoire pour un drap. Son histoire m'était bien égale tellement je pleurais ton départ. Je voulais dormir là où l'on avait creusé le trou. Je voulais creuser un trou à côté du tien pour rester avec toi. Couchés l'un près de l'autre pour l'éternité. Mon chien fauve comme le feu, et doux comme personne à la maison. J'ai appris à marcher avec toi, en m'agrippant à ton cou, pour finir, j'ai atterri au cabanon. Les années ont roulé sur la pente du temps. C'est finalement allé assez vite quoique je ne l'aie pas toujours pensé.

Dans les premiers jours, tapie dans la cabane de chantier, cette visite du monsieur m'était sortie de la conscience. Vous devez avoir libéré les lieux d'ici trois jours. Cependant, vous n'avez pas d'inquiétude à vous faire, étant donné votre âge vous serez automatiquement placée dans un foyer. La seule chose imaginable, docteure, je me suis sauvée. Trois jours pour libérer les lieux ! C'était plus que j'en avais besoin pour disparaître. Motus et bouche cousue. Soyez sans crainte, monsieur, je connais la chanson. Motus et bouche cousue. Je la connais depuis toujours. Je n'ai jamais ouvert la bouche. Cousue, cousue, cousue. Une tombe. Tu es sûre qu'il n'y a pas de sang dans ta culotte ? Voisin, soyez sans crainte, pas de sang. Ou si peu. Et juste une fois. Après j'ai fait attention. Il n'y a plus jamais eu de sang. Motus et bouche cousue. Cousue, cousue, cousue. Une tombe. C'est certain, pendant ces trois jours dont je disposais avant mon placement en foyer, je me suis sauvée. Je n'imagine rien d'autre.

 Je crois avoir couru comme une comète. L'idée me plaît courir comme une comète, emportant mes années. Quatre-vingts ? Emportant mes années dans une ceinture roulée autour de mon ventre. C'est tout ce que j'ai dû prendre dans ma fuite, parce que lorsque je me suis réveillée dans la cabane de chantier, je me trouvais sans rien. Ni sac, ni papier, ni argent, ni vêtement de rechange. Rien. Juste la ceinture des années. Je n'ai d'ailleurs pas senti cette ceinture autour de mon ventre immédiatement. Ce n'est que plus tard que j'ai eu l'idée de la déplier pour découvrir le rouleau de ma vie. Cela me fera de la lecture puisqu'il n'y a aucun livre ici.

En attendant, les premières heures, les premiers jours, je ne perçois pas la ceinture. L'illusion de s'être désencombrée de soi. De palpable, plus que le squelette, les os tout en longueur. De loin en loin, un léger clapotis de la matière grise dans le cerveau sous l'effet du choc, la conscience avait été immergée. Quelques bulles remontaient cahin-caha à la surface, je n'étais pas morte. Elles évoluaient librement. Deux ou trois flashs sur ce qu'il me demeurait de mon histoire. Cependant, ne vous inquiétez pas, on ne redevient pas innocent si aisément ! Les yeux sur la tôle nue du cabanon. Je la vois onduler. De ces vaguelettes vous frisant la peau des orteils quand vous marchez l'hiver pieds nus sur le sable. La froideur de l'eau vous serre les chevilles. L'engourdissement gagne le long du corps. Ça monte au cœur. Au cerveau. Peut-être est-ce l'heure de mourir ? Il faut marcher. Poursuivre sans s'arrêter un instant. Longer l'infini de la plage. Ne se donner aucun motif de halte tant que les jambes avancent. Les yeux sur la tôle nue du cabanon. J'ai vu passer une bernache cravant. J'interprète le signe je suis de retour sur la ligne d'horizon. Curieux, en évoquant tout ça, me vient à nouveau à l'esprit ce monsieur Zarathoustra. Si je parvenais à le resituer, cela éluciderait peut-être pourquoi il me visite aussi régulièrement ces derniers temps. Toujours est-il que je me suis tenue plusieurs jours sans bouger sur ce fil. J'étais seulement occupée à regarder les vols d'oies. Elles traçaient de grands V en cacardant à tire-d'aile, se donnaient rendez-vous pour la prochaine marée basse. Sans faute, je serai là mercredi, je serai là.

Je me suis organisée peu à peu. Les mercredis, je dois aller chercher des pommes, du lait, des biscottes. Vous souvenez-vous, Anne, de ce petit garçon qui a fait un fabuleux voyage sur le dos d'une oie ? Je n'ai pas mis d'enfants au monde, mais si cela était arrivé, je lui aurais parlé de ce merveilleux voyage à dos d'oie. La grande ombre m'avait bien expliqué qu'il ne fallait surtout pas de sang dans la culotte. J'ai retenu la leçon, motus et bouche cousue. Jamais de sang. Une seule fois, très peu, le jour de la communion. J'ai eu si peur, ça n'a plus jamais recommencé. Merci mon Dieu. Cette gosse n'est pas normale, elle n'a toujours pas ses règles, je vais devoir l'emmener consulter ! François, mon bon François, on va s'envoler sur le dos d'une oie. Tu es d'accord ? François est tout le temps d'accord. Il remue la queue, enchanté de ce voyage sur le dos de l'oie.

Si je le veux, les jours où je suis en forme, une féérie, mon cabanon. Qu'est-ce qu'ils comprennent ? Qu'est-ce qu'ils savent ? Sans comprendre, sans savoir, ils m'emmèneront. Dans un asile, un hospice, un mouroir. La page du registre remontée par-dessus le menton, jusque sur les yeux, attachée dans un lit. Des tubes dans les bras pour ne pas mourir d'inanition, de déshydratation. Ils viendront, par-dessus le marché, me demander une carte de sécurité sociale, une carte d'identité, une carte d'électeur, une carte de pêche, de chasse, un permis de conduire, un permis pour s'envoler à dos d'oie, un permis pour voyager dans le ventre de la baleine, un autre pour chausser des bottes de sept lieues. Quoi encore ? Calmez-vous, grand-mère, sinon c'est la piqure. Ce n'est pas un moustique comme vous qui allez nous faire perdre la journée. Je ne m'énerve pas, simplement je ne veux pas défiler le Quatorze Juillet en rang avec tous les vieillards grabataires de mon hospice. Sur notre nudité, on nous a fait revêtir des blouses bleues ouvertes dans le dos, nouées par un lacet. On voit nos fesses flétries, nos jambes infirmes. Nous nous traînons au son des canons un sourire débile sur nos lèvres rongées. Chacun transporte son porte-sérum, il nous tient lieu de canne. Vous allez marcher, trente-troisième étage du service de gériatrie, nous sommes le Quatorze Juillet. Nous venons de prendre la Bastille. Citoyens-vieillards, redressez-vous ! Soyez fiers de vos années, les anciens ! Les femmes d'un côté, les hommes de l'autre, entonnez l'hymne national, Hosanna, au plus haut des cieux ! Il y a un ancien de la garde républicaine qui refuse de marcher, il réclame son cheval. Il hurle. À dada ! À dada, à dada ! Ça fout la pagaille dans le bataillon du trente-troisième étage du service de gériatrie. On se met tous à gueuler à dada ! À dada, à dada ! Une petite vieille bien fringante a l'idée d'enfourcher son porte-sérum. Chacun l'imite. On est là, avec nos fesses à l'air, à cheval sur nos porte-sérum, en train de gueuler à dada, à dada, à dada ! Le caporal de la garde républicaine est fier comme un chef. Il nous guide vers le râtelier des seringues-baïonnettes. Camarades vieillards, équipez-vous ! On va brûler la ville ! Nous voilà armés. Soudain, le beau corps soudé que nous formions se disloque, le caporal n'y peut plus rien. Avec notre seringue, nous n'avons plus qu'une unique idée en tête, la frénésie nous prend de piquer les fesses de nos camarades. La violence s'installe dans nos rangs, nous nous écharpons les uns les autres.

    Nous sommes chacun de la racaille pour les autres. Si je laisse une seule nuit mon cabanon, je le perdrai. Fatalement, cette nuit-là, il y en aura un, il y en aura une, en train de courir comme une comète, ses années roulées dans une ceinture autour de son ventre, qui découvrira le cabanon. Ce n'est qu'une méchante cabane de chantier oubliée depuis plus de trente ans dans le dos des ateliers municipaux. Un palace pour celui qui vit dans la rue. Heureusement, le commissariat se situe à deux rues de là. D'instinct les pauvres évitent l'endroit. Toujours quelque chose à se reprocher. Moi, dans ma course de comète je suis tombée ici. Je ne savais pas pour le commissariat, pour la racaille, les choses se sont produites par elles-mêmes. Plus tard, je me suis souvenue de la pension que j'allais chaque mois toucher à la poste de mon quartier. Tout était resté là-bas. La dame de l'Association s'inquiète. Vous êtes sûre que vous n'auriez pas droit à un petit quelque chose ? Merci, madame, les pommes, le lait, les biscottes, je ne manque de rien. Je ne lui parle pas de ma terreur des blouses blanches, elle ne comprendrait pas. Je suis une reine clandestine au cabanon. Un monarque illégitime. J'ai traversé l'horizon pour venir mourir ici. J'ai vogué sur la Marie-Joséphine. Les pommes, le lait, les biscottes, je tiendrai jusqu'aux beaux jours. Illégitime. Je retrouve ce mot parmi des décombres de vieux souvenirs. Il faut dire qu'au cabanon, je n'ai pas besoin d'un vocabulaire fourni. Alors, forcément, certains mots s'endorment dans un coin assez longtemps pour que je n'y pense plus. Sans savoir pourquoi ni comment, il y en a un qui se réveille en sursaut. Il se dresse en pleine nuit, en pleine journée, ça ne lui importe pas. Subitement, il s'époumone jusqu'à ce que je l'entende. Illégitime ? Oui, maman. Oui. Par réflexe j'évite de la contrarier. Je dis oui. Elle doit vouloir signifier qu'il serait illégitime que je perçoive une pension. Une fainéante comme toi qui n'as jamais travaillé, tu n'as pas honte ? Si, j'ai honte. Dans mon royaume, je ne m'en rends pas compte, mais à l'extérieur, oui, là, je connais la honte. Les nippes grises, la tête d'oiseau, le chignon dans la bouche d'égout, les beaux cheveux que grand-mère peignait avec tant de soins. Les chaussures trop pesantes pour être décollées du sol raient le goudron. Je t'ai dit mille fois de lever les pieds en marchant. Oui, maman. Oui. Illégitime.

Je suis injuste. Ma mère n'est pas directement mêlée à cette histoire « d'illégitime ». La grand-mère assise dans son fauteuil vieil or passé aux franges dégarnies s'enfile une pastille de Vichy dans la bouche. Je contemple les franges en regrettant que pour un malheureux fauteuil on ait supprimé les chats. Tandis qu'il reste indéfiniment des pastilles dans le sac. Depuis des heures qu'elle pioche dedans, c'est incroyable. Je ne veux pas regarder dans sa direction pour vérifier de peur que mes yeux tombent sur le filet de bave sur son gilet. Sois gentille avec ta grand-mère. Sois polie et puisqu'elle t'offre une pastille, tu dois l'accepter. Si je l'osais, j'irais lui arracher le sac des mains, je le balancerais par la fenêtre. C'est d'elle que j'ai entendu le mot pour la première fois. Maintenant cela me revient.

Elle a craché sa pastille dans un mouchoir. Tu n'es qu'une gamine illégitime. Elle pose un doigt sur sa bouche. Motus et bouche cousue, morveuse. Je m'attends à ce qu'elle sorte une pièce pour accompagner la formule. Avant d'ouvrir la porte de la chambre aux volets toujours clos, le voisin, un doigt sur les lèvres, prononce la même formule. Motus et bouche cousue. Au préalable, il me donne une pièce ou deux pour ma tirelire. Motus et bouche cousue, n'est-ce pas, gamine, ça reste entre nous ? La vieille, elle a craché dans son mouchoir. Tu es une gamine illégitime, mais motus et bouche cousue, tu n'as rien entendu. Elle a pioché une nouvelle pastille dans son sac, mais pas de pièce de son porte-monnaie. Rien qu'un mauvais regard. Si l'idée de toucher ce linge répugnant ne m'en avait pas dégoutée, je l'aurais volontiers étouffée avec son mouchoir.

C'est fou ce que l'on peut retrouver dans les décombres de la mémoire. S'y entasse une quantité de fragments dont on ne peut pas tirer grand-chose. Par exemple, on se souvient d'un dîner qui aura tourné au drame, mais pas du sujet de la discorde. Subsiste juste le fracas de vaisselles cassées, celui d'une porte claquée, puis la voiture démarre. Le silence retombe. On a oublié qui était parti, qui était resté. On colle une étiquette sur le fragment, on le dépose dans le dossier « drames ».

Un dossier déjà bien épais et rien ne dit qu'il ne soit pas amené à se gonfler davantage. D'ici les beaux jours, d'ici mon rendez-vous, Dieu sait quels épisodes je peux encore dénicher. J'empile les dossiers les uns sur les autres, au hasard. Je n'ai jamais eu le goût du classement. Du coup, tout se trouve pêle-mêle, le réel et l'incertain, le falot et le sordide, l'ennui des saisons qui se traînent et les courses folles en plein vent sur la ligne d'horizon avec le cœur empli d'espoir.

Je me demande quel a été le sort de la fillette aux marguerites. Par elle, j'ai récupéré un cadenas, en remerciement je n'ai pas eu l'idée de lui conserver sa valise. Même vide, qui sait si elle n'y tenait pas. Elle avait environ six ou sept ans, c'est l'âge où l'on s'entiche de toutes sortes de bricoles. Sa salopette était un véritable jardin fleuri. Les marguerites sont un paradis pour les bêtes à bon Dieu. Elles ondulaient gracieusement sur ses cuisses. J'espère que le monsieur qui lui a ouvert la portière les a respectées en s'abstenant de les piétiner comme une brute. Je penche pour une version moins heureuse. Voilà, petite, quelques pièces, pour ta tirelire. Je te laisse dans la forêt sous cet amas de feuilles, tu n'auras pas froid. Il est probablement retourné à ses affaires l'esprit tranquille en mâchonnant quelques pétales de fleurs. Au moins, en est-elle sortie vivante ? Ça dépend ce que l'on entend par cette expression. Dans une histoire pareille, ce qui est perdu l'est à tout jamais. J'espère qu'elle ne se sera pas fait disputer pour le saccage du champ de marguerites. Mes jambes tremblaient trop fort. Je n'ai pas eu la force de lui conseiller de rentrer chez elle il est trop tard dans l'après-midi pour entreprendre le voyage, il te sera impossible d'arriver avant la nuit, tu peux le remettre à demain, la mer t'attendra. Je le savais bien, à sa place je n'aurais pas entendu un discours trop raisonnable. J'ai pris le train sans billet. Fatalement, une dizaine de gares plus loin, un contrôleur. J'étais seule passagère dans le wagon. Comme je connaissais la chanson, j'ai sorti le rouge à lèvres couleur cerise. Sans fesses, sans seins, mais avec la bouche peinte. Je me souviens du doigt froid écartant l'élastique de ma petite culotte. Je me souviens du képi. Je ne sais pas si les contrôleurs en portent encore de nos jours. Je ne prendrai plus de trains, je ne quitterai plus le cabanon. Les mercredis pour le lait, les biscottes, les pommes. Je me promets d'économiser les provisions, à mon âge, avec le peu que je fais, il n'est pas nécessaire de manger beaucoup. Je pourrais ne me rendre qu'une semaine sur deux à l'Association.

 Vous n'avez pas appuyé sur la sonnette, Anne. Je vous en suis reconnaissante. J'aimerais parler avec vous de la salopette fleurie. Pensez-vous que vous pourriez retrouver la petite fille ? Ses cheveux étaient noués en chignon. Non, je me trompe, c'était une tresse. Le chignon vient plus tard. Dans l'enfance, vos mères vous nattent. Arrête de bouger comme cela, je suis pressée. L'impression qu'on vous arrache la peau du crâne. Les dents du peigne creusent à vif des sillons, un champ de coquelicots pourrait y germer. Malheureusement, ce ne sont pas les fleurs qui poussent. Une tête en friche avec des ronces en pagaille. Certaines parviennent à progresser jusqu'aux yeux, elles vous sortent de la boîte crânienne par les orifices orbitaux. Forcément, ça influe sur votre regard. Ça strie l'horizon. Vos pensées en deviennent épineuses, elles vous écorchent pour un oui pour un non pour un rien. Vers la trentaine, vous supposant enfin aguerrie, vous décidez de réagir. Je vais défricher, je ne peux laisser ma vie étouffer sous les ronces. Vous commencez par le fond du jardin. Dans ce carré, elles sont peu nombreuses, ce sont des orties surtout. Une terre crayeuse. À trente ans, le temps de l'enfance n'est pas si loin, les bêtes sauvages n'ont pas terminé leur besogne, vous tombez sur un petit os. En le découvrant, vous fondez en larmes. François, mon bon François ! Votre courage vous abandonne et vous renoncez aux travaux de nettoyage. Bah, je verrai demain, rien ne presse après tout. Anne, n'avez-vous jamais porté une salopette fleurie ?

Mercredi dernier, sous les chaises du hall d'accueil à l'Association, beaucoup de pieds étaient rangés. C'est normal, plus on avance dans la saison froide, plus ils sont nombreux. En attendant mon tour, je ne lève mon regard sur personne, je ne m'occupe que des pieds. J'enregistre chaque détail des paires de chaussures pour le cas où j'en retrouve une dans la rue. Si cela se produisait, j'inventerais mille détours pour rejoindre le cabanon. Chacune est susceptible de me suivre. C'est naturel chez un misérable de tenter de débusquer le mieux loti. Il se nourrit de l'espoir de trouver un quelque chose à lui dérober. Si je venais à perdre mon refuge avant mon rendez-vous, cette seule pensée me jette au septième cercle de l'enfer. Un miracle, mon cabanon, un miracle. Je me demande si la dame de l'Association possède sur ses étagères des graines de bougainvilliers. Ce serait une belle plante pour habiller la tôle froide. Je sais bien que coincée dans le dos des ateliers de la ville comme est la cabane, au bout d'un tunnel d'épines et de gravats, la pauvre manquerait de lumière. En été cependant, pendant quelques jours, le soleil dans sa course passe exactement au-dessus de nous. Cela dure à peine et déjà l'ombre nous grignote de nouveau. Pourtant ce serait beau, un bougainvillier.

Je suis certaine que la petite bergère de ma soucoupe aimerait se reposer près de lui, enveloppée dans son parfum, le temps de refaire son chignon, ses moutons autour d'elle. Elle les compte, tous sont là. Une chance après ce qu'il s'est passé dans le bois, du moins elle n'a pas perdu une bête. Quelle rouste de son père s'il en manquait une ! Pourvu qu'elle ne tombe pas enceinte, sa mère la tuera. Les senteurs du bougainvillier endorment ses frayeurs, assoupissent ses cauchemars. Tu n'auras qu'à ne pas te réveiller, bergère. Moi, par bonheur, le sang ne coulait pas dans ma culotte. Une fois, tout juste quelques gouttes. J'en ai été si effrayée, ça n'a pas recommencé. Pour la petite bergère, il se trouvait un étang au sortir du bois. Elle est entrée dans l'eau, ses moutons ont suivi. Ni vu ni connu, motus et bouche cousue. Ni son père ni sa mère n'ont jamais revu leur enfant. Une traînée, cette gosse ! Elle aura vendu le troupeau et sera partie avec l'argent. Pauvre enfant, son image est presque effacée au fond de ma soucoupe. Depuis le temps que je m'interrogeais sur les cheveux défaits de la bergère, voilà l'explication. Je m'en doutais à peu près, à mon âge je connais la vie. Mais j'aurais préféré avoir eu des soupçons imbéciles, plutôt que la petite bergère aille se noyer avec ses moutons. D'ailleurs, rien ne dit que ses ennuis se sont arrêtés là. Sous l'étang dans lequel elle est entrée, un village avait été englouti. Les soirs de beau temps, on peut entendre le carillon de son église. Des plantes sous-marines s'enroulent autour d'elle. Son chignon défait, elle ne sait pas des herbes aux longs bras ou de ses cheveux, ce qui lui barre le chemin. Quand elle touche le fond, ses pieds ont du mal à se décoller de la vase. Il fait sombre, elle ne distingue pas grand-chose. De temps en temps, elle se retourne pour compter les moutons. Il y en a bien un ou deux qui essayent de s'attarder pour brouter. Mais, inquiets dans ce milieu inconnu, ils rattrapent vite leur troupeau. Après avoir peiné plusieurs heures dans la boue, des dalles pavées facilitent enfin sa marche. C'est heureux, parce qu'une côte sévère se présente à elle. Ses yeux verts sont exactement de la couleur de l'eau. Les gens la voyant passer sont effrayés, car son visage semble sans regard du fait de cette similitude. Tous ont la peau rongée par leur vie sous-marine, elle ne le remarque pas tant le chagrin lui serre le cœur. Je viens de rentrer dans l'étang après m'être fait violer dans le bois. Mes moutons ont suivi. Les enfers sont le destin des suicidés, mais Dieu, comme la côte est raide ! Où peut-elle mener ? Les femmes lui crient du pas de leurs portes de ne pas s'inquiéter. Jeune bergère, monte, monte, monte. Elle entend dans son dos les insultes qu'elles lancent à leurs maris. Vous n'avez pas honte ! Morts ou vivants, vous serez éternellement des cochons. Qu'aucun d'entre vous n'ait l'idée de suivre cette enfant ! Toutes les gamines qui passent sur cette route viennent du petit bois. Et vous n'ignorez pas pourquoi de désespoir elles se jettent dans l'étang ! Elle ne sait combien de jours, combien de mois, elle monte ainsi. Quand il lui semble l'heure du soir venue, elle s'arrête près d'un buisson de lianes aquatiques pour laisser reposer le troupeau. Elle-même au fil des jours, se sent fatiguée. Vivante, je n'avais que quinze ans et je suis pourtant aussi lasse qu'une femme âgée. Comme la mort est terrible à endurer ! Elle se trompe, ce n'est pas la mort qui lui pèse, mais le bébé dans son ventre. Elle ne peut pas s'en rendre compte, car son corps ne change pas. Elle ne saigne plus chaque mois, mais c'est normal puisque je suis un spectre. Elle traverse un désert en s'abreuvant aux mamelles des mères moutons. Elle ne manque de rien, elle cueille des baies sur les lianes, boit du lait. Quand il lui semble qu'il est l'heure de la prière, elle remercie Dieu pour sa clémence. Elle n'ose pas lui demander de rendre la route moins pentue sous ses pieds, elle sait les suicidés coupables, leurs peines lourdes. Elle endure de gravir la côte sans fin, avec la fatigue chaque jour accrue. Ses brebis ne la quittent plus, elles l'entourent et la caressent. Les nuits, elles se serrent contre elle pour la réchauffer. Elle s'inquiète pour celles qui portent. Comment mettront-elles bas, elles qui sont entrées dans la mort par ma faute ? Un matin, alors qu'ils ont pris la route très tôt, elle aperçoit une lumière au-dessus d'elle. Depuis des mois de ténèbres, cette éclaircie soudaine l'étonne et la ravit. Elle décide de s'aligner sur l'étoile désormais. Arrivée à une fourche, d'un côté l'ascension de la pente se poursuit, l'autre voie apparaît plus facile. Si elle s'écoutait, elle choisirait la route la moins pénible, puisqu'aussi bien elle marche sans but. Pourtant l'étoile lui indique celle qui monte et monte et monte encore. Même ses moutons semblent harassés. Elle aimerait tant leur épargner l'effort après ce qu'ils ont déjà fait pour elle. Un vieux bélier sort du troupeau et reprend la direction des sommets. Lasse, elle pousse un triste soupir, pose les mains sur son ventre douloureux, mais qui n'a pas enflé, et ils se remettent à gravir la pente. Depuis quand marchent-ils ? Huit mois ? Neuf ? Comment savoir ? Dans la mort, le temps est néant. Ils suivent l'étoile. Un soir, ce qui leur semble un soir, parce que dans les profondeurs le jour et la nuit sont peu différenciés, un soir, elle est tout particulièrement fatiguée. Des larmes lui coulent sur les joues, de l'eau s'ajoute à l'eau. Si je continue de pleurer, l'étang débordera. L'étoile se met à luire intensément. On dirait qu'elle court devant nous, mes moutons il faut nous dépêcher. Je n'en peux plus, mais que pouvons-nous, je suis coupable ? Quand l'étoile ralentit enfin son train, aveuglée de fatigue, elle s'écroule. Ses bêtes lui préparent une couche d'algues pour qu'elle se repose. Elle s'endort enveloppée dans ses cheveux. Une douleur immense la sort du sommeil. Son hurlement est si puissant, une vague se forme et roule sous l'étang en produisant un remous à faire trembler les montagnes. À la surface, les scientifiques enregistrent d'importantes secousses sismiques. Des alertes sont lancées. Les volcans éteints depuis mille ans entrent en activité. Un typhon d'une force exceptionnelle parcourt trois fois le tour de la planète en quelques secondes seulement. Les dégâts sont considérables. C'est l'apocalypse, hurlent les journalistes dans les postes de radio. Sous l'étang, dans son nid d'algues, la petite bergère ne crie plus. Elle regarde ahurie ce qui vient de naître d'elle. Jésus, qu'ai-je fait ? Si je n'étais pas déjà morte, je n'aurais plus qu'à me tuer ! Mes moutons, que va-t-il advenir de cet enfant ? Où allons-nous le cacher ? Une brebis s'affaire près d'un buisson d'algues, en un rien de temps, elle a tressé un grand panier. Une jeune femelle grimpe dedans, le nouveau-né accroché à ses tétines. Pendant longtemps, le troupeau et sa bergère regardent l'embarcation s'éloigner. Le reflet de la bergère affleure doucement dans ma soucoupe, les moutons autour d'elle.

Anne, si je l'osais, mercredi prochain, je vous apporterais la soucoupe pour que nous parlions de la petite bergère. C'est certain, chaque jour, vous avez l'occasion de rencontrer de jeunes filles partageant le même malheur que le sien. Moi aussi, j'aurais dû recevoir des bergères dans mon cabinet. Mais j'ai choisi les oripeaux en peau de rêve plutôt que la blouse blanche et les études. Méchante comme je le suis, c'était préférable. Qui sait si, non pas en suçotant des pastilles, mais en allumant cigarette sur cigarette, vêtue de ma blouse, je n'aurais pas à longueur de journée appuyé sur la sonnette. Hop ! Hop ! Je les aurais expédiées devant un juge pour enfant, hop ! Hop, petite bergère ! J'ai les mêmes doigts secs de la vieille. Elle était ma grand-mère maternelle, quoique j'aie toujours refusé d'accepter cette vérité parce qu'elle ne m'a jamais aimée et que je le lui rendais bien. Si j'ai hérité des doigts, comment aurais-je pu échapper à l'héritage du caractère méchant ? Elle regarde par la fenêtre en suçotant ses pastilles de Vichy. Sans raison, car je n'ai fait aucun mouvement pouvant me rappeler à son souvenir, elle se retourne, elle crache sa pastille Vichy dans son mouchoir. Gamine, tu peux me considérer avec des yeux mauvais, toi aussi tu te fracasseras sur le mur des années. Qu'est-ce que tu crois ? J'ai onze ans, peut-être douze, je ne crois rien, je me demande seulement si elle est au courant pour la chambre aux volets clos. Elle qui passe des heures à observer par la fenêtre, n'est-il pas possible qu'elle voie à travers les volets ? N'est-il pas possible qu'elle sache pour la petite ombre étendue sur le lit, la grande la couvrant de tout son poids ? La terreur est telle, au point de ne pas pouvoir crier, de ne pas pouvoir respirer. Dans le tas de décombres des souvenirs, à son sujet j'en ai retrouvé un qui aujourd'hui me laisse penser qu'elle n'ignorait rien. Par une fin d'après-midi, je m'amuse gentiment avec le chien François. Je me rappelle qu'à un moment j'ai l'impression qu'il se passe quelque chose d'anormal, sans réaliser ce que ce peut être. Soudain, je comprends que nous sommes dans le silence, il n'y a aucun bruit de succion depuis un certain temps. Je n'ose pas regarder en direction de la vieille, mais j'interroge tout bas François, elle dort, tu crois ? Nous restons tous les deux attentifs sans remuer. Brusquement, elle se réveille et pense à moi. Petiote, tu vas aller porter une assiette de biscuits au voisin. Le pauvre homme a perdu sa femme il y a six mois, il a sûrement besoin d'une gâterie. Évidemment, tu n'emmènes pas ce chien. Si jeune que je sois, je sais déjà que je ne dois pas protester sinon cela fera une histoire avec ma mère. Elle risquerait de me priver de François. À cette époque, la menace est invariable. Si tu continues d'être aussi méchante et pénible, je nous débarrasse de cet animal! Ce n'est pas l'envie qui m'en manque, je te préviens, tu es sur le fil, cela dépend de toi. Quand j'entends ces mots, chaque fois le vertige me prend. Le fil est tendu au-dessus d'un précipice, arrivée au milieu, le vent se lève, je suis secouée. Si je respire, je tombe. Le sol est cent mètres sous moi. Ce n'est que plusieurs années plus tard que j'ai appris à regarder non pas le vide en dessous, mais droit devant. C'est comme ça que j'ai découvert la possibilité d'un horizon situé sur la ligne de l'océan. La distance est trop importante, personne à la maison ne me suivra jusque-là. Sauf François. Le jour où la vieille m'envoie chez le voisin pour la première fois, je n'essaie même pas de lui résister. Je suis encore très jeune. Encombrée de l'assiette, sur la pointe des pieds j'ai du mal à me saisir de la poignée de la porte sans faire tomber les biscuits. Je n'étais jamais entrée chez lui. Quand j'en ressors, j'ai fait la connaissance de la mort! Si François n'était pas resté enfermé avec la vieille, je ne sais pas si je serais rentrée. Elle me demande de m'approcher d'elle. Plus près, gamine, plus près. Elle m'attrape par le bras jusqu'à me plaquer contre elle et elle fourre son nez partout sur moi. Je croise la mort pour la seconde fois de la journée. Elle me renifle comme le fait François dans la terre du jardin quand il en inspecte chaque millimètre.

Après m'avoir bien respirée, elle me repousse violemment avant de se mettre à rire. Les biscuits ont satisfait le voisin, petite vicieuse ? Tu n'as pas rapporté l'assiette ? Je lui en préparerai d'autres pour demain, tu lui porteras. Sais-tu que tu as l'air d'une véritable petite madeleine ? Que veux-tu, c'est dans nos gènes. Ta mère était une pute, tu en es le fruit. Je ne connais pas ces mots « vicieuse, pute, gène ». Mais d'instinct je le devine, motus et bouche cousue. Chaque fin d'après-midi, elle m'envoie porter des biscuits au voisin. Je suis convaincue que le temps où je demeure chez lui, elle guette les volets de la chambre. Anne, si vous saviez ce que j'imagine de ce qu'il se passait dans sa tête pendant que du regard elle essaie de les transpercer ! En fait, je n'imagine rien. Je n'ai jamais eu la force d'imaginer quoi que ce soit sur ce sujet. Encore maintenant, ayant atteint l'âge qu'avait la vieille à cette époque, oui, encore aujourd'hui, je n'ai pas la force d'imaginer les saloperies qui devaient lui passer par le crâne. Toute ma vie, j'ai tremblé de lui ressembler. Puisque nous avons les mêmes doigts secs, pourquoi l'héritage s'en serait-il arrêté là ? Le cabanon ne possède pas de miroir, heureusement. Avoir sous les yeux à chaque instant cette vieille que je trimballe partout avec moi me serait insupportable. Ne me voyant pas, je peux parfois l'oublier. Au cours de ces journées bénies, les gitanes dansent le flamenco devant le cabanon. Les bergeronnettes sont de fins dessins à l'encre de chine, les martinets des guirlandes dans le ciel. Et le rossignol chante. À la claire fontaine, m'en allant promener, m'en allant promener, j'ai trouvé l'eau si belle que je m'y suis baignée, que je m'y suis baignée. Chantez sous la douche, docteure ?

Je me doute qu'après votre déception cruelle, pendant des mois, vous n'avez plus eu le cœur à exulter. Les pages du registre ont dû avoir du mal à avaler vos coups de sonnette. Hop ! Hop ! Vous ne croyez plus à une vie heureuse on devient sans pitié dans ces moments-là. Vous rentrez chez vous, la blouse blanche fourrée en boule dans votre sac à main. C'est un joli sac d'ailleurs. Maroquinerie de la rue des Toulousains. Il n'est pas fait pour que vous jetiez votre blouse dedans. Mais la tristesse vous accable, en retour vous maltraitez votre sac. Vous vous achetez de méchants plats surgelés, vous en mangez quelques bouchées à contrecœur, vous nourrissez surtout la poubelle. Des mois plus tard, vous ne vous êtes encore pas résignée à l'abandon par l'homme dont vous étiez follement amoureuse. Comment a-t-il pu disparaître du jour au lendemain ? Dans votre esprit, aucune autre explication que celle d'un grave accident n'est plausible. Qui sait, vous ne connaissiez pas son emploi du temps avec précision. Peut-être, ce jour-là, les affaires ont pu le conduire en Angleterre, au Danemark, en Espagne, enfin dans un lieu où un malheur aurait pu survenir sans que personne vous prévienne. Ses proches ignoraient votre relation. Vous préférez le rôle de la veuve à celui de la femme délaissée. Je comprends.

 Encore une fois, Anne, n'allez pas croire que je vous espionne. Votre affliction me touche, mais je dois avouer qu'elle me divertit de mes ruminations qui ne tournent qu'autour de moi. Ne vous arrive-t-il jamais d'être lassée de vous-même ? Seule au cabanon, que voulez-vous, j'ai parfois besoin de m'extraire de moi-même. Comme votre prénom me plaît, comme vous n'avez pas appuyé sur la sonnette, ce dont je vous remercie, comme dans d'autres circonstances j'aurais pu porter votre blouse blanche, enfin pour ces multiples raisons je songe à vous. Je vous tricote un destin, j'écris votre roman. De cette manière, j'espère tenir jusqu'aux beaux jours. J'espère ne pas dérailler en pleine rue. Ça en serait fini du cabanon. Les pompiers, les blouses blanches. À mon âge, les fils qui vous lient à la vie sont ténus. Le souffle fragile, l'équilibre précaire, les artères accidentées, le cœur usé. Les poumons prennent l'eau, les viscères sécrètent de la bile, les souvenirs vous accablent, les pensées s'ensournoisent. Je ne parle pas des ovaires. Pour moi, j'ai eu de la chance, ils m'ont laissée tranquille.

On ne peut quand même pas être impératrice de tous les malheurs, n'est-ce pas docteur ? Alors, oui, je le reconnais, certains soucis m'ont été épargnés. Aucune bouche ne s'est pendue à mes seins. Je n'ai jamais été capable de me nourrir honorablement, comment aurais-je pu nourrir un enfant ? Et surtout, aurais-je trouvé assez d'amour en moi à lui offrir les soirs de disette ? Parce que je doute que l'amour fût dans nos gènes dans cette famille. J'ai vite compris la chanson. Sans fesses, sans seins, mais avec la bouche peinte. Tiens, gamine, trois pièces pour ta tirelire. Mauvaise terre pour que l'amour germe. Ne creuse pas, mon bon chien, ne creuse pas, Dieu seul sait ce que tu pourrais exhumer sous le fumier. Il était fauve comme le feu, et doux comme personne à la maison.

Demain, j'ai dix-huit ans. Quel soulagement ! Je n'ai plus à craindre que l'on m'envoie un escadron de gendarmes aux fesses. Dix-huit ans, je ne peux plus être considérée comme fugueuse. J'ai le droit de quitter le domicile familial, de disparaître sans donner d'adresse. Si je laissais un mot sur la table pour ma mère ? Cela évitera les histoires. Que ce soit clair, à partir d'aujourd'hui je ne vis plus ici. Ne lance pas d'avis de recherche, je suis majeure, libre de mes décisions.

En attendant, ce matin, je me suis rendue au lycée comme si de rien n'était. Je me suis mêlée à la cohue à l'heure du repas. Je n'avais pas faim, le chahut m'était aussi pénible qu'à l'ordinaire, mais je me suis contrainte. J'ai pénétré dans le réfectoire avec un regard de dernière fois. Quoique cela m'irrite, je suis obligée de me reconnaître un soupçon de sentimentalité. Je me suis forcée à échanger deux ou trois mots avec une camarade de classe inquiète pour son examen de fin d'année. Je ne sais pas pourquoi, elle est persuadée que pour moi c'est sans souci, je l'aurai. Tu vas t'inscrire à la faculté de médecine ? Je l'ignore. Peut-être. François a rejoint l'éternité, étendu dans son trou au fond du jardin. Les orties poussent, dans ce coin-là la terre est blanche. Ma grand-mère, celle que j'aimais, celle avec laquelle j'allais rentrer les poules pendant les vacances, mamie Marcelle à qui les larmes montaient aux yeux lorsqu'elle brossait tendrement mes cheveux tant ils lui rappelaient ceux de sa mère, mamie Marcelle est morte et je n'ai pas eu le courage d'aller lui souhaiter un bon voyage. Chambre vingt-quatre. Depuis trois jours, elle n'ouvre plus les yeux la pauvre femme. Mes jambes ne m'ont pas portée jusqu'à la chambre vingt-quatre. Ils ont tué ses volailles pour les mettre au congélateur. À quoi bon devenir médecin ?

Dans le brouhaha d'assiettes et de couverts, je ne réponds pas à cette fille. Une seule idée me préoccupe, je brûle d'envie de lui demander si elle s'est déjà fait couvrir par une grande ombre. C'est même pour cela que je me suis placée à ses côtés. Pour lui poser la question avant de m'en aller. J'ai besoin de savoir. La maison de chaque fille a-t-elle pour voisine une maison aux volets toujours clos ? Toutes les filles sont-elles des putes ? Je voudrais l'interroger. Toi aussi tu… ? Je roule les mots dans ma bouche comme une boulette de pain. Ma salive façonne ma phrase, quand la mie sera bien ronde je la lui lancerai dans son assiette. On verra bien si elle l'attrape au vol. Je ne pense qu'à ça, je ne l'écoute plus. Au dernier moment, motus et bouche cousue. Je ne suis plus une gamine, mais j'ai besoin de ses deux ou trois billets. Alors, oui, voisin, ça reste entre nous, motus et bouche cousue.

Maintenant qu'il a vieilli, son ombre s'est étiolée, ma force surpasse la sienne. Je le menace d'ouvrir les volets s'il ne me remet pas mes deux ou trois billets. Il sanglote, tu es devenue méchante, gamine. Je ris. Il n'entend pas les pleurs dissimulés sous le rire. Heureusement. Sinon il n'aurait pas assez peur et adieu mes billets. D'ailleurs, je suis mauvaise, il n'a jamais rechigné à me donner deux ou trois pièces pour ma tirelire, puis à augmenter le pourboire. Les pièces se sont transformées en billets. Il faut suivre le cours de la vie, n'est-ce pas voisin ? Petite, que peux-tu bien faire avec cet argent ? Motus et bouche cousue. Je ne lui parle pas des rayons de Monoprix, des rouges à lèvres couleur cerise. Je connais la chanson, c'est de lui que je l'ai apprise. Voisin, j'achète des livres. Ce n'est pas un mensonge, j'en achète aussi. Il marmonne, tu ne devrais pas lire autant, ça donne de mauvaises idées. Pour ce qui est des mauvaises idées qu'il se rassure, j'en ai plein la tête. S'il pouvait deviner le nombre de fois où l'envie de le tuer m'a submergée, il tremblerait et n'oserait plus me faire franchir le seuil de cette chambre aux volets toujours clos. Au fil des années, j'ai échafaudé cent projets, aucun ne me paraissait assez cruel. Et là, assise à côté de cette camarade de classe pleurnichant à la seule idée de rater son année, je suis à deux doigts de la prendre par la gorge et de la secouer. Pauvre conne ! Demain, j'ai dix-huit ans, je fous le camp, et ton examen, je m'en balance ! Je sais qu'elle n'est pour rien dans ces histoires dégueulasses, mais j'ai quand même envie de la blesser. De lui faire avaler son assiette, le couteau, la fourchette. À l'instant où je réalise ma violence, je suis terrassée par l'image de la vieille aux pastilles de Vichy. Je suis aussi méchante qu'elle ! À cette pensée, j'ai bondi hors de ma chaise en la renversant. Mon sac de cours sous le bras, je suis sortie telle une furie du réfectoire. Une vraie dingue ! J'ai couru sans m'arrêter jusqu'à la chapelle. J'ai monté d'une traite les Carmes déchaussés, une comète en fusion. Pourvu que j'explose en route ! François, mon chien François, toi qui n'étais que douceur, une douceur comme personne dans la maison, comment m'ont-ils rendue ? Creuse, bon chien, creuse, je veux me coucher entre tes pattes, dormir contre toi, manger tes oreilles pour que tu secoues la tête, cela me fait tant rire quand tu secoues la tête.

 Pourvu que je trouve la Marie-Joséphine encore à quai. Je voudrais parler au capitaine. Erreur, mademoiselle, il n'y a pas de capitaine, nous sommes dans une chapelle, ici c'est à chacun de se débrouiller. Vous choisissez votre cap et vous hissez les voiles. Après, je vous souhaite bonne météo. Faites vite. L'une des vieilles aux bancs, celle à la tête d'oiseau, a déjà réservé sa cabine. La vieillesse attend son tour dans votre dos. Mettez-vous d'accord, mais à votre place, jeune fille, j'hésiterais, je doute que votre voyage se déroule heureusement avec pareille compagnie. J'ai dix-huit ans demain, je me moque de la vieillesse. J'ai l'exemple de la grande ombre, maintenant je peux l'écraser d'un mot, d'un regard. Quand j'étais enfant, c'était différent. Il ouvrait la porte, impatient de recevoir sa petite madeleine. La première fois, du seuil, je lui tends timidement l'assiette, je ne veux pas pénétrer chez lui, c'est inutile. Qu'il la prenne, et me laisse aller rejoindre François. Au lieu de ça, il se recule dans l'embrasure et me fait signe d'avancer. Je me retourne pour regarder en direction de l'appartement. De la fenêtre du troisième étage, la vieille m'indique d'y aller. Si tu n'entres pas, je dirai à ta mère que tu as été insolente avec le voisin, tu verras ce qu'il arrivera à ton sale chien ! La porte s'est refermée sur moi. Mais aujourd'hui, il pleut des étoiles sur mon ciré. Je brille de mes dix-huit ans. Sans fesses, sans seins, la bouche peinte est suffisante pour se débrouiller. Ainsi armée, je ne crains pas le feu des phares des voitures. Qu'ils envoient la monnaie, le fil de l'horizon est lointain, le voyage risque de durer, j'ai besoin de partir les poches pleines.

Je me souviens en effet être montée à la chapelle il y a quatre ans. C'est vrai, une vieille en loques était assise sur un banc. Nous avions parlé du Jardin fleuri. Pauvre vieille, il aurait été souhaitable pour elle de mourir rapidement. Comment trouve-t-elle de quoi survivre ? Vient-elle prier chaque après-midi dans cette chapelle oubliée des anges ? Pour ma part, j'espère ne pas vivre jusqu'à cent ans. Mieux vaut avoir un accident un jour de grand vent, je m'imagine bien tomber du fil de l'horizon. Choir en plein rêve est une belle mort. Demain, je pars pour la mer. Arrivée, je n'en bouge plus. Pas question de revenir par ici, tout est maudit. Elle traîne encore son sac misérable avec elle. Madame, vos chats se portent-ils bien ? Le Jardin fleuri est généreux de penser à vous pour les déchets. Moi aussi j'aime les chats. Je n'en ai pas, ils sont morts avant ma naissance. Ils ont causé des ravages sur les franges du fauteuil vieil or passé. J'avais un chien. François. D'abord François I pour parler avec exactitude. Plus tard, ce fut François II. Je ne sais pas qui les a baptisés ainsi, ce n'est pourtant pas un nom de chien. Mais je préfère ne pas penser à eux à la veille de mon anniversaire. Je ne me console pas de la disparition de François II, je peux encore pleurer à chaudes larmes à son évocation. Quand je serai arrivée à la mer, j'espère me trouver un compagnon. Fauve comme le feu, doux comme personne. L'unique chose que sa mort m'a apportée fut que la menace de m'en priver ne tenait plus. J'ai gagné en liberté. Mais à quoi cela vous sert-il si vous devez payer votre liberté par une perte irréparable ? À votre âge, vous avez peut-être une idée sur le sujet. Puisque nous nous retrouvons aujourd'hui, une question m'a souvent intriguée au cours de ces quatre ans passés. Vous étiez-vous levée du banc pour me rejoindre devant la Marie-Joséphine ? M'avez-vous touché l'épaule ? Je ressens parfois une brûlure à cet endroit. Je ne sais pas quoi en penser. Je ne suis pas naïve au point de croire aux sortilèges, aux esprits et autres fariboles, pourtant je suis régulièrement saisie par la peur. Elle fond sur moi sans que je trouve aucune explication à son apparition. Elle s'immisce jusque dans mon estomac. J'ai beau me battre de mon mieux pour lui résister, elle s'accroche aux franges de mes intestins à m'en rendre parfaitement malade. Pliée en deux sur la cuvette des toilettes, j'entends une voix vociférer en me lançant de terribles imprécations. Je me suis habituée à ces crises, et je sais n'avoir rien d'autre à faire que d'attendre qu'elles se calment d'elles-mêmes. Lors des toutes premières fois, la voix déversait sur moi sa fureur dans un langage qui m'était inconnu. Je recevais tous ses mots comme des coups de pied dans le ventre sans comprendre leur signification. Au fond, avec elle j'ai appris beaucoup. La peur prend les traits d'une grande femme qui ne m'aime pas. Elle a des doigts secs qu'elle introduit dans ma gorge pour me faire vomir. Elle apparaît soudainement n'importe où. La couleur se retire de mon visage, en moins de deux minutes, je ne peux déjà plus contenir mon envie de vomir. Curieusement, elle n'est jamais rentrée dans la chambre aux volets toujours clos, elle m'attend dehors. Elle n'est pas là non plus au cours de mes courses folles quand les étoiles brillent sur mon ciré et que les feux des voitures me happent dans leur lumière. En revanche, assise devant mes cahiers, si j'ai le malheur de ne pas être assez concentrée sur mes devoirs, je la sens arriver dans mon dos. Elle rentre par la fenêtre, la page s'obscurcit au point que je ne peux plus lire, elle me tape sur l'épaule à peu près à l'endroit où vous m'avez touchée il y a quatre ans. C'était vous ? Si c'est le cas, vous manquez de courage. Tant que François vivait à mes côtés, vous n'osiez pas pénétrer dans ma chambre. Sans doute, vous craigniez qu'il déchiquète votre ombre. Après sa mort, vous ne vous êtes plus gênée. Votre attitude ne vous honore pas, je me sens peu encline à entreprendre un voyage avec vous pour compagne.

Cesse ta prose, jeune fille, la vie n'est pas de la littérature. Tu auras mes quatre-vingts ans, j'ai eu tes dix-huit ans. Et après ? Que veux-tu, nous n'éprouvons pas d'amour pour nous-mêmes, c'est comme ça, nous devons pourtant nous supporter l'une l'autre. Je ne me suis jamais demandé si je m'aimais. C'est une question qui ne me serait jamais venue à l'esprit. Inutile de te distraire pour le moment, nous devons rejoindre l'horizon. À ce train, nous n'y parviendrons pas encore. Comment comptes-tu agir quand tu l'auras atteint ? Il y a longtemps que mes projets sont élaborés. Voyez-vous, j'imagine qu'arrivée au bord de la mer, je danserai. Cette envie me possède depuis plusieurs années. Si je restais ici, comment pourrais-je la réaliser ? J'ai tout prévu. En cas de besoin, je connais la chanson, je devrais m'en tirer je m'éloignerai de quelques pas du littoral le temps de me refaire un peu d'argent. Parce que je n'envisage pas de me jeter dans les phares de voitures sur la ligne bleue de l'horizon. Elle s'en ternirait aussitôt. Non, je parcourrai quelques kilomètres à l'intérieur des terres, un bâton rouge cerise dans ma poche. Qui sait, avec un peu de chance ce recours me sera épargné. Toutefois, autant prévoir plutôt que de se laisser surprendre. Surtout quand on est seule. Heureusement, il n'y a jamais de sang dans ma culotte. Ma mère m'a conduite une fois chez le médecin. À la suite de la consultation, plus un mot fut prononcé sur le sujet. Elle a même totalement cessé de s'intéresser à mes faits et gestes. Ce n'est pas moi qui allais trouver à m'en plaindre ! Mon premier costume de gala, je le coudrai en plume de mouette. Blanche, blanche dans l'écume. Avec des flocons papillonnants en tous sens, hop ! Hop ! J'ai déjà beaucoup d'idées pour ma première danse. Elle sera le soir même de mon arrivée. À cette saison, je trouverai certainement une chambre dans un petit hôtel le temps de voir venir. J'ai un peu d'argent d'avance, puisqu'à part les bâtons rouge cerise et les livres, je ne dépense rien. Les premiers sous datent environ de mes trois ans, j'en ai dix-huit demain. Cela fait un bon paquet d'économies. Bien sûr, je n'ai pas mis les pièces et les billets dans ma tirelire, je ne suis pas imbécile. Ça fouille partout, dans cette maison, je le sais. Quand ce n'est pas l'une, c'est l'autre. Il n'était pas question qu'elles puissent tomber sur ma cagnotte. Les toutes premières pièces du voisin, je ne comprenais rien. Étaient-elles pour la vieille en remerciement des biscuits ? Si je ne les lui ai pas remises, c'est seulement pour ne pas m'approcher d'elle. Je tremblais à l'idée que d'un moment à l'autre elle allait me les réclamer. Je pense que j'aurais menti, le voisin m'avait fait tellement peur. Motus et bouche cousue, gamine, sinon tu vas voir ce qu'il va t'arriver ! Pire pouvait-il être possible ? Dans mon innocence, la question se trouvait sans réponse, mais pour rien au monde je n'aurais parlé. Son ombre immense s'emparant de la mienne minuscule. J'étais déjà terrorisée depuis qu'il m'avait soulevée de terre pour me remettre sur mes pieds seulement après avoir poussé derrière nous le verrou de la chambre aveugle. Quand il a commencé à déboutonner sa braguette, sans que je comprenne rien à ce qu'il se passait, d'autant qu'il n'y avait pas d'homme à la maison, j'ai détourné mon regard vers le mur. C'est alors que mes yeux sont tombés sur les ombres. C'était un théâtre effrayant où tout prenait des apparences démesurées. Dans ma terreur d'enfant, j'ai eu cette faculté de me dire, c'est irréel, c'est sur le mur, ce ne sont que des ombres, ce n'est que du théâtre, comme guignol, ça va se terminer. Il va relâcher mon ombre, je vais passer sous la porte, tout est faux. Je me forçais à ne pas quitter le mur des yeux ce n'était pas moi qui étais maintenue étendue sur le lit, c'était l'ombre. Si seulement il n'y avait pas eu les deux ou trois pièces pour ma tirelire ! Parce que les pièces, elles, étaient réelles, elles teintaient au fond de ma poche à mon retour. Leur présence prouvait que bel et bien un événement avait eu lieu, pas une simple fantasmagorie. Longtemps, j'ai entassé les pièces dans un sac en plastique caché dans le jardin. Avec François, nous rôdions souvent dans le coin où il était enfoui. Ce n'était pas par crainte qu'on me le dérobe, mais j'étais épouvantée par son existence il était le témoin de ce qu'il se passait à la fin de chaque après-midi, un témoin dont je ne parvenais pas à m'éloigner. À trois ans, quatre ans, je n'avais pas l'idée qu'avec ces pièces je pouvais acheter quelque chose. Même un ou deux bonbons. Tu vas aller chercher le pain, et n'oublies pas de me rendre la monnaie. Non, maman, je n'oublierai pas. Trente centimes procurent deux bonbons à quinze centimes. J'ai perdu la monnaie en route, avec le monde, dans la bousculade les trente centimes sont tombés. Cela faisait une histoire, mais j'avais acheté les bonbons, que le plus souvent je ne mangeais même pas. C'est seulement quand elle a commencé à me menacer de nous débarrasser de ce sale chien que je ne l'ai plus volée en allant chercher le pain. Ce n'est pas pour autant que j'aurais prélevé des pièces dans le sac en plastique. Je n'ai jamais conçu pouvoir utiliser l'argent tant que j'étais petite. C'était inimaginable. L'esprit des gosses est bien compliqué ! Aujourd'hui, je connais la chanson et je ne fais plus tant d'embarras.

  J'exagérais un peu tout à l'heure en prétendant pouvoir danser dès le premier soir. Il faudra d'abord confectionner mon costume de mouette. Blanche, blanche dans l'écume. Hop ! Hop ! Dès l'aube, je file à la plage. Je m'assois sur un rocher. Marée basse. Je réfléchis à ma chorégraphie. Je n'ai jamais appris ni les pirouettes ni les entrechats, est-ce grave ? Avec mes os tout en longueur, sans fesses, sans seins, je vais avoir l'air d'un Pinocchio. Personne ne s'arrêtera pour admirer ma performance. Les enfants se moqueront. Regarde, maman, ce drôle de pantin, il n'était pas là hier, les vagues ont dû le déposer cette nuit. La mère hausse des épaules et tire son fils par la main. Il y a quantité de déchets qui finissent leur nuit sur la plage. On les retrouve le soir dans les rues de la ville, ils passent de restaurant en restaurant, ils proposent aux dîneurs n'importe quoi pour quelques pièces qu'ils vont boire aussitôt. Ils devraient travailler, ces fainéants, au lieu de se droguer et de se prostituer. Mais leur vie de ribaude leur plaît davantage que d'apprendre un métier. J'ai envie de demander à la vieille du Jardin fleuri si elle a exercé un emploi. À la voir, la réponse semble évidente. Demain, j'ai dix-huit ans, ce n'est pas le moment de trembler pour l'avenir. François, mon bon chien, s'il te plaît, remonte de la mort. Avec ta présence à mes côtés, je ne manquais jamais de courage. Je vais creuser, creuser pour que tu rentres de sous la terre. Tous les deux, nous courrons sur la plage, nous ramasserons des plumes de mouette pour mon costume. Notre numéro sera fameux, tu passeras le chapeau entre tes dents, il sera vite rempli. Nous n'aurons aucun besoin du rouge cerise, tu verras, tu verras. Nous serons heureux. Blanche, blanche dans l'écume. Hop ! Hop !

Jeudi, vendredi, samedi, dimanche, lundi, mardi. Le compte est bon, il y a bien les six tessons alignés à droite sur le rebord de la fenêtre du cabanon. Celui du mercredi est seul du côté gauche. Six jours entiers sans être dans l'obligation de sortir. Je dispose de tout mon temps pour penser à la vieille demoiselle Sylvestre. J'ai baptisé ainsi cette inconnue sans réfléchir une seconde, un éclair dans mon esprit. Pourquoi pas « Sylvestre » ? Gravé en caractères gothiques sur une plaque de boîte aux lettres, l'effet est assuré. La drôlerie serait qu'elle ait eu dans sa vie un chien nommé Sylvestre ! Dans ce cas, j'imagine l'animal blanc comme neige, sans un poil de travers, pas plus gros qu'une pelote de laine. Il doit terriblement lui manquer. Sylvestre me réchaufferait, couché sur mes genoux. Il avait des yeux pétillants de malice et la langue toute rose. Je possède encore sa laisse et son collier rangés quelque part dans la commode de l'entrée. Je vais demander à la femme de ménage d'en graisser le cuir le week-end prochain, si mes jambes le veulent bien nous irons nous promener dans le parc. J'ai aperçu mademoiselle Sylvestre à la fenêtre d'un immeuble cossu rue de la Tour. Ce n'est pas l'itinéraire le plus direct pour aller de l'Association au cabanon, mais mercredi dernier une sirène d'ambulance mugissait rue de la Pyramide. J'ai préféré rallonger ma route par un détour. Qui sait ? Imaginons que l'état du monsieur pour lequel le véhicule était sollicité se soit révélé moins grave que prévu. Avec mes nippes et ma tête d'oiseau prêt à crever, si j'étais tombée nez à nez avec les brancardiers, ils auraient été capables de m'attacher sur leur lit à roulettes rien que pour rentabiliser leur déplacement. Les ambulanciers ne se soucient pas si l'on a l'argent pour prendre leur taxi, ils vous harponnent en pleine rue. Après vous en avez pour des années à remplir des papiers pour lesquels vous ne pouvez fournir aucun justificatif. Fatalement, vous ne ressortirez plus d'entre les murs de l'hospice où l'on vous a interné en attendant de statuer sur votre sort. Vraiment, jamais personne ne pourra espérer quoi que ce soit de toi, pauvre fille ! Tu seras éternellement un poids pour la société. Dire que j'ai mis ça au monde ! Je ne me le pardonnerai jamais.

Des citations de ce genre, j'en ai retrouvé trois volumes dans le rouleau des années. Allez savoir pourquoi je m'en suis encombrée lorsque j'ai quitté l'appartement. Pourquoi n'ai-je pas saisi l'occasion pour me délester enfin de cette mélasse qui m'englue depuis l'enfance ? La lucidité m'a manqué. Je n'ai rien emporté sauf le fardeau des années. M'être réveillée au cabanon sans avoir aucun souvenir d'être sortie de chez moi reste une énigme. J'ai le vague sentiment de l'existence d'une petite anecdote fichée quelque part dans un des chapitres du rouleau qui pourrait me renseigner. À vérifier dans les années situées entre mes dix et vingt ans. D'ici les beaux jours, je fouillerai plus avant si l'envie me vient.

Toujours est-il que pour ne pas prendre de risque avec les ambulanciers, je suis passée par la rue de la Tour. La vieille demoiselle Sylvestre est installée dans un douillet fauteuil Louis seize aux pieds chantournés. J'ignore si le style Louis seize est chantourné, mais je trouve que ces mots vont à merveille aux joues fripées de la vieille demoiselle Sylvestre. Une fois de retour à mon cabanon, son image bien présente en mémoire, j'entreprends de broder son histoire. Je la dévisage sans vergogne. Elle ne peut pas me voir, car elle s'est fait opérer l'œil droit d'une mauvaise cataracte et les médecins attendent pour le gauche. Mademoiselle Sylvestre, on ne peut pas courir le risque de traiter les deux yeux en même temps, vous le comprenez bien, mais rassurez-vous, d'ici trois mois, vous aurez retrouvé une vision de jeune fille. À ces propos optimistes, elle hoche discrètement de la tête. À quoi pourront me servir des yeux de vingt ans, je suis clouée dans mon fauteuil ? La rue n'est pas si large, un œil de soixante-dix ans me suffira. Pour le reste, je regarde le plus souvent derrière moi, j'ai juste besoin de pouvoir me déplacer sans me cogner à tous les meubles de la maison. C'est que je crains une chute à mon âge, se casser le col du fémur est souvent fatal. Alitée, je risquerais la phlébite. Je redouterais des yeux de vingt ans ! Je les refuse. Pensez, docteur, si je croisais un bel homme, avec mon regard de vingt ans et mon corps affaissé comme il l'est, je souffrirais le martyre ! Il n'en est pas question, je demande des yeux de soixante-dix ans ni plus ni moins. C'est déjà quinze ans de gagnés sur la réalité, je ne suis pas si gourmande. Sur ce point, je donne raison à mademoiselle Sylvestre. En attendant, elle ne voit pas grand-chose, et surtout elle n'imagine pas qu'une pauvresse l'observe de son cabanon. Mademoiselle serait frappée d'apoplexie si elle se doutait du petit voyage que je lui offre. Elle somnole dans son fauteuil. En fin d'après-midi, par des journées si grises, l'ennui se mêle à la fatigue. Elle pousse un profond soupir chaque fois qu'elle refait surface. Si je n'étais pas si épuisée, je ne me languirais pas autant. Quel jour sommes-nous ? Il me semble que la femme de ménage est passée hier, on serait donc mardi. En même temps, était-ce bien hier ? Pourtant je ne crois pas lui avoir demandé de venir samedi après-midi. Oh ! Je finis par ne plus savoir quel jour nous sommes. Est-ce que le gardien m'a monté le courrier aujourd'hui ? Ce qui n'est pas un repère absolu, je n'ai pas tous les jours du courrier non plus. Que c'est triste de ne plus pouvoir sortir comme on le souhaite ! Les semaines en perdent leur fil. Maman m'emmenait jouer au parc chaque après-midi quand j'étais enfant. Si seulement tu pouvais revenir, ma petite maman, nous sortirions tranquillement pour profiter des timides rayons du soleil hivernal. Il me semble qu'appuyée à ton bras, je marcherais sans crainte de tomber. Seule, je n'ose m'aventurer dans les rues. Je redoute un accident. Je détesterais que des inconnus soient obligés d'appeler les pompiers. Et puis qui sait ? Si cela se produisait dans une rue déserte, personne ne pourrait donner l'alerte. Pourtant, dans certains cas, la rapidité de l'intervention est capitale. À la maison, j'ai ma sonnette, si je tombe, j'appuie, hop ! Hop ! Les secours sont là en moins de trois minutes. La dame avec laquelle j'ai signé le contrat de surveillance me l'a assuré. Dieu merci, jusqu'à présent tout va bien. Pour Noël, j'ai réfléchi, j'aimerais recevoir des patins à glace. Parce que nous approchons de Noël, n'est-ce pas ? Petite maman, comme tu me manques. Te souviens-tu lorsque nous rentrions du parc ? Nous buvions, un thé noir de Chine avec une pointe de bergamote pour toi, et un bon chocolat chaud crémeux pour moi. Mon pauvre estomac ne le supporterait plus aujourd'hui. J'aimais tant le service à thé de la petite bergère.

J'étais impatiente d'avoir l'âge de boire du thé juste pour avoir le droit d'être servie dans une tasse comme la tienne. Avec une petite bergère dans le creux de la soucoupe. Tu me racontais des histoires à son sujet. Une histoire de prince charmant. Il tombait amoureux de la bergère et voulait l'emmener dans son château. La bergère n'acceptait pas de le suivre par crainte de se faire disputer par ses parents. Alors le prince est allé lui-même voir le père de la bergère afin de lui demander sa fille. Ils se sont mariés. J'aimais beaucoup cette histoire. Où est passé ce service ? Je me souviens d'avoir fait tomber une tasse sur le carrelage de la cuisine. J'ai voulu ramasser les morceaux et l'un d'entre eux m'a entaillé le doigt. Ce n'était rien, mais mon doigt s'est infecté. Pendant deux semaines, j'ai eu une poupée. Tu refaisais le pansement en soufflant sur ma coupure pour que l'alcool ne me pique pas. C'est peut-être à cette occasion que l'on a changé de service à thé. Puisque désormais, par ma maladresse, il était dépareillé. Comme tu me manques, petite maman. Je suis aujourd'hui plus âgée que tu ne l'as jamais été. Brrr... je grelotte. Pourtant, j'ai demandé au gardien de pousser le chauffage. Rien n'y fait. Je ne bouge pas, alors le froid me saisit. Si seulement Sylvestre pouvait encore venir se blottir sur mes genoux, il me tiendrait chaud. Il paraît qu'il fait vingt-quatre degrés dans le salon. Quand la femme de ménage arrive, si je la laissais faire elle ouvrirait les fenêtres en grand. Évidemment, elle a de la chance de remuer, ça réchauffe, en plus de vous occuper. Avec mes yeux, je ne peux même plus lire le journal. Les journées sont interminables. Si j'étais grand-mère de petits-enfants, je leur téléphonerais. Ah, il ne faut pas que je me mette ces sortes de pensées en tête. À l'ennui va s'ajouter la déprime et je n'en dormirai pas de la nuit. Parce qu'il n'y a pas que les journées à être longues, les nuits sont sans fin elles aussi. Je ne sombre dans le sommeil qu'à la pointe du jour pour être aussitôt réveillée par le raffut du camion de poubelles. Pourtant, le gardien dit que depuis que les fenêtres ont été remplacées il ne perçoit plus la rue. Est-ce qu'il sous-entendrait que je suis toquée ? Je sais bien que chaque matin, à l'instant où je trouve enfin le sommeil, précisément le camion poubelle passe. J'en ai parlé au médecin. Il n'a pas eu l'air de prendre cela très au sérieux. Je crois qu'il faudra que je change de médecin. Le mien estime qu'à mon âge les insomnies ne sont pas très graves. Je ne sais pas si elles sont graves ou pas, mais ces heures qui défilent comme des trains que vous regarderiez partir en restant sur le quai sont si pénibles ! Petite maman, si tu étais là, tu t'assiérais auprès de mon lit et nous causerions. Je m'endormirais bien vite en paix. Tu prendrais ma main desséchée dans les tiennes que tu avais si belles. Pourtant, j'ai suivi tes conseils, il n'y a pas eu un soir et un matin dans ma vie sans que je leur applique de la crème nourrissante. Rien n'y a fait, j'évite de regarder mes mains. As-tu vu comme j'ai maigri ? Dire que tu es restée une femme splendide jusqu'au bout ! Mes amies m'enviaient une mère telle que toi. Elles disaient, si chic. Ta mère est si chic ! Il y a une question que je n'ai jamais osé te poser, maman. Ce professeur de dessin chez qui tu m'emmenais les mercredis après-midi, est-ce que tu ne t'es pas douté que je savais pour vous deux ? Il était très charmant, ce professeur. Je n'aimais pas beaucoup le dessin, mais j'aimais bien le professeur. Je peux même dire que j'en étais très amoureuse. Je remarquais qu'il t'appréciait plus que moi. Si tu veux savoir la vérité, je vous ai suivis. Vous n'avez pas attendu pour vous embrasser d'être enfermés dans la chambre d'hôtel. Je suis restée dissimulée sous l'escalier tout le temps où vous étiez en haut. Je pleurais de rage. Tu n'étais qu'une salope au fond, ma petite maman. J'ai essayé de faire comprendre à papa qu'il se passait quelque chose. L'imbécile, il était aveugle. Maintenant, pendant mes nuits d'insomnies, je pense qu'il n'était pas aveugle, mais qu'il s'en moquait. Quelle heure peut-il bien être ? Les jours baissent si vite en ce moment. Il faudra que je demande à la femme de ménage de trouver un système pour éclairer davantage l'horloge, parce qu'avec mes yeux je ne parviens plus à lire l'heure sur ma montre. À mon âge tout se grippe.

Jeudi, vendredi, samedi, dimanche, lundi, mardi. Six jours entiers sans obligation de quitter le cabanon. Ce que j'ai m'ira. D'ici à mercredi prochain, qui sait si je ne serai pas morte. Surtout, prenez bien votre traitement, cela vous aidera. Deux pilules matin midi et soir. Une rose une blanche. Et le sirop si vous toussez trop pour éviter la suffocation. Avec ça, vous devriez bientôt voir revenir le printemps. Merci, Anne, d'accélérer le temps. J'avalerais volontiers mes deux boîtes de cachets d'un seul coup si cela permettait d'atteindre immédiatement le jour de l'été où le soleil fait scintiller une mare de lumière devant le cabanon. Je crois mon rendez-vous pour ce jour précis. Motus et bouche cousue, je ne vous en dirai pas davantage. Vous m'estimeriez folle. Et hop ! Hop ! Vous me feriez emmener par les blouses blanches. Je serai intégrée dans une chaîne de vieillards mécaniques. Chaque matin, les infirmières remontent la clef qu'on nous a fichée dans le dos pour que notre cœur supporte une rotation d'horloge supplémentaire.

On dit qu'il arrive à l'unijambiste de ressentir des douleurs dans son membre manquant. Moi, c'est mon chignon. Il est tombé à mes pieds comme une pomme, pourtant j'éprouve parfois d'étranges tourments à la racine des cheveux. Dénoués, ils cascadaient jusqu'en bas de mes reins.

Jeudi, vendredi, samedi, dimanche, lundi, mardi. Quel tas de crasse, cette tignasse ! Les ciseaux ont eu du mal à m'en débarrasser. Un chignon aussi volumineux qu'une très grosse golden. Drôle d'idée d'avoir gardé ça sur le crâne à un âge si avancé. Il y a belle lurette que seules les pattes des poux s'y prenaient encore. Plus aucune pluie d'étoiles ne le faisait briller. Par le passé, sur mes os tout en longueur, les cheveux libres, je ressemblais à une sirène. Les voitures naufrageaient si je le décidais. Dans la lumière des phares, l'illusion l'emporte sur la réalité. Je connaissais la chanson. Dénatte-toi, petite, dénatte-toi.

Dans son fauteuil aux franges rongées, la vieille avait quelques pauvres crins épars sur la tête. Les samedis, sa fille les lui tortillait sur des bigoudis. Je dirais qu'elle lui posait cinq ou six bigoudis. Admettons sept bigoudis. Comme les jours de la semaine. À mon âge, les souvenirs ont le droit à l'imprécision. Ma mère, le manche du peigne entre les lèvres, la vieille lui passait un bigoudi après l'autre. Puis, ayant dû abandonner pour l'occasion le sac de pastilles de Vichy, elle plongeait la main dans une petite corbeille contenant les piques pour les rouleaux. Elle les tendait au fur et à mesure que ma mère les lui demandait d'un grognement à cause du peigne qu'elle avait dans la bouche l'empêchant de parler.

Pendant ce temps, assise par terre, je promenais mes doigts dans les poils de François. Une fourrure douce et soyeuse. Je n'aurais jamais voulu caresser les cheveux de la vieille femme. Sois gentille avec ta grand-mère et quand elle te demande de venir l'embrasser ne prend pas cet air de condamnée. Mais, va d'abord te laver les mains. À force de tripoter ce chien, tu donneras des maladies à tout le monde. Quand elle m'attirait à elle, elle ne me prodiguait aucune tendresse, elle me reniflait. Je sais bien pourquoi elle faisait cela. Le nez écrasé contre ma peau, elle devenait moite de transpiration. C'était toujours quand je revenais de porter l'assiette de biscuits au voisin. Les samedis, je devais y aller plus tôt dans l'après-midi, parce qu'après c'était bigoudi. Un jour, pensant que je ne la verrai pas, ma mère a planté une pique dans le crâne de sa mère. La vieille a poussé un hurlement terrible. Ça n'a pas beaucoup saigné, la grand-mère n'avait sans doute plus trop de sang dans la tête. Avec sa pique fichée dans le crâne, elle ressemblait à une vieille hérissonne à qui il ne serait resté qu'un piquant. J'ai plongé mon visage dans la fourrure de François pour que personne ne voie la satisfaction que sa souffrance me procurait. La malheureuse n'arrêtait pas de crier. Ma mère a retiré la pique et s'est précipitée dans la salle de bain chercher du désinfectant. Avant de tamponner le crâne de sa mère, elle en a versé sur son propre doigt. Elle disait, ma pauvre maman ! Quelle maladroite ! Quelle maladroite ! Pardonne-moi, ma pauvre maman. Mais c'est à cause de cette gamine aussi, c'est horripilant de la voir sans arrêt tripoter ce chien. J'en ai les nerfs à vif et voilà ce qui arrive ! Elle avait beau gémir et jouer la comédie, je suis convaincue qu'elle a volontairement planté la pique dans le crâne de sa mère. Dans les secondes précédant son geste, une étincelle mauvaise a traversé son regard tandis que son visage prenait exactement la même expression que celui de la vieille. Cela m'a fait très peur elles étaient une seule personne dédoublée. L'une était assise, l'autre debout dans son dos, mais elles étaient le calque l'une de l'autre. La mère, la fille. Viens embrasser ta grand-mère pour me faire pardonner. Puisque finalement, c'est toi la responsable. Oui, maman. Oui. Docteure, quelle idée de penser à tout cela dans mon cabanon quand il me reste si peu de chemin à parcourir ?

J'ai mes oiseaux, j'ai du lait, des biscottes, des pommes, et parce que l'on approche de Noël, la dame de l'association a tenu à me remettre un paquet de sucre. Je lui ai dit ne pas aimer les friandises. Ne plus les aimer. Je n'ai pas fait mention des bonbons à quinze centimes. Deux bonbons à quinze centimes font trente centimes, c'est pile la monnaie du pain. Je ne lui en ai pas parlé, car je n'exprime jamais rien de personnel à l'Association. Elle aurait souri, tous les enfants commettent ce genre de petit larcin, cela ne fait pas d'eux des criminels pour autant, rassurez-vous. Toutefois, même si vous n'aimez pas les friandises, il faut quand même que vous mangiez un peu de sucre. En hiver, l'organisme le réclame. Un bon lait chaud sucré ne fait du mal à personne. Cela serait bien si vous vous remplumiez un peu. Avec sa voix chaleureuse, il arrive que je me laisse surprendre. Je sens une certaine faiblesse m'envahir, sa douceur se répand le long de mon dos, comme mes cheveux autrefois. Il faudrait vous remplumer un peu. Mon premier costume, quand j'ai atteint la ligne de l'horizon, était orné de plumes de mouettes. Dans le ciel du cabanon, aucune mouette ne passe. Elles n'ont pas l'occasion de perdre des plumes ici. Je pourrais essayer de me remplumer en plumes de moineaux, en plumes de sauterelles, en plumes de cafards, je pourrais en inventer encore. Mais les oiseaux marins, c'est fini. Vous le voyez, Anne, j'ai raison de me méfier de la douceur, elle vous précipite dans l'aigreur. Que fait-elle résonner en moi ? Mystère. S'ensuit une charge de tristesse dans mon cœur. Je n'ai plus la force. François, mon bon chien François, je n'ai jamais retrouvé un compagnon tel que toi. J'ai du lait, des pommes, des biscottes, du sucre. De l'eau dans la bassine. Nous sommes jeudi, je n'ai aucune obligation de bouger pendant plusieurs jours. J'ai mon traitement de pilules et mon sirop pour ne pas suffoquer. Il fait si froid en ce moment, les équipes des ateliers municipaux ne risquent pas de s'aventurer dans mon coin. Quant au raffut des premiers camions de poubelles, il me gêne beaucoup moins que la pauvre mademoiselle Sylvestre. Je me suis créé des repères depuis que je vis ici le départ du premier camion en est un. Tout comme l'absence de bruit le dimanche. Ce jour-là, c'est comme du coton. Le silence accompagné du ronronnement des moteurs dans le dos du cabanon. Mademoiselle Sylvestre regarde chaque nuit passer des trains, à sa place, j'en choisirais un et je sauterais dedans. Bien sûr, il se peut qu'elle ne connaisse pas la chanson sans billet, un contrôleur pourrait l'obliger à descendre en rase campagne. Pour peu qu'une marguerite luise sous la lune, elle en serait effrayée. Moi, avec la pluie d'étoiles scintillant sur mon ciré, si l'envie m'en prenait je montais dans n'importe quel train. Évidemment, à nos âges, nos culottes n'ont plus d'élastique à faire tinter d'un joli bruit aux oreilles du contrôleur. Alors, je le reconnais, si elle n'a jamais sauté d'un train à l'autre, les semelles légères, légères, ce n'est pas aujourd'hui qu'elle va commencer. Je lui donnerais volontiers la recette des cailloux à placer à droite ou à gauche de la fenêtre pour ne pas perdre le fil de la semaine. Jeudi, vendredi, samedi, dimanche, lundi, mardi. Elle a la chance de ne pas être dans la nécessité de se rendre à l'Association, cela lui est épargné. Bah, elle aurait fait comme nous, elle se serait habituée ! La dame de l'Association assure que si les premières fois paraissent terribles, après, vous le constaterez, vous prendrez même un certain plaisir à venir nous voir. Échanger quelques mots les uns avec les autres fait toujours du bien. Le bonheur n'est pas donné à tout le monde d'avoir une famille, alors l'Association lui en tient lieu. J'espère que vous vous joindrez à nous pour le repas organisé à l'occasion des fêtes de fin d'année. N'est-ce pas, madame François, je compte sur vous pour ne pas nous faire faux bond. D'ailleurs, cette année, notre petit banquet est précisément un mercredi. Cela ne vous coutera pas même un trajet supplémentaire. Vous ne pourrez trouver aucune raison pour ne pas venir. Il y aura juste la trentaine de personnes régulières. Malheureusement, ce jour-là, nos portes ne peuvent s'ouvrir qu'à nos habitués. Pour la plupart, vous avez déjà dû les croiser. J'imagine les soixante pieds prenant leurs aises sous une table pour fêter la nouvelle année. Je ne sais pas si depuis que je me rends à l'Association j'ai remarqué chacune des trente paires de pieds.

Moi, mon heure est le début d'après-midi, afin d'être de retour au cabanon avant la nuit. Je suppose qu'il y a ceux du matin, et ceux de la fin de journée ces pieds-là, je n'ai jamais eu l'occasion de les détailler. Une petite dizaine suffit à m'effrayer, je ne veux pas charger mes craintes avec une vingtaine de plus. Je ne perds jamais de vue que nous sommes chacun de la racaille pour tous les autres. Sur ces trente paires de pieds, combien rêveraient de me prendre mon cabanon ! Vous mêlerez-vous à ce repas, Anne ? J'espère pour vous que vous n'êtes pas contrainte d'y participer. Il y a certes le risque d'une syncope pour l'une ou l'autre des paires de pieds. Manger trop dans une atmosphère surchauffée peut bien monter au cœur de l'une d'elles. Ce serait quand même dommage d'être obligé d'ouvrir le registre un jour de fête. D'un autre côté, si ce repas est un mercredi, et si vous êtes de permanence ce jour-là, vous devrez vous tenir prête à appuyer sur la sonnette. En tous les cas, ne comptez pas sur moi pour me ficher dans un embarras pareil. Je resterai avec mes oiseaux. La dame de l'Association a eu une savante idée de m'avertir. Je vais rajouter des wagons au train de mes tessons pour me rappeler que deux semaines de rang il n'y aura pas de mercredi.

Du temps où mamie Marcelle vivait, François et moi allions passer Noël chez elle.

Aucun voisin en face de sa maison. Nous allions rendre visite à mademoiselle Anna qui habitait la côte après le cimetière. Sur la table du salon, un saladier regorgeait de confiseries. Comme je ne savais pas encore mes lettres, ma grand-mère lisait pour moi les devinettes à l'intérieur des papillotes. Je me souviens, dès mon arrivée chez elle, je courrais ramasser dans la cour autant de petits cailloux que mon séjour comportait de nuits. Je les disposais en rang sur le rebord de la fenêtre de ma chambre. Chaque matin, j'en enlevais un. Plus la file s'amenuisait, plus je devenais triste. Ma grand-mère s'en rendait compte. Ma pauvre enfant comme j'aimerais te garder auprès de moi. Mais qu'est-ce que je peux faire ? Je n'ai aucun droit sur toi, ma chérie. C'est déjà heureux qu'elles me laissent te recevoir quelques jours pendant tes vacances, je craindrais si j'intervenais qu'elles nous privent de cette joie. C'est mamie Marcelle qui m'a appris à convoquer les oiseaux. Il y avait chez elle un livre avec de belles gravures en couleurs remplies d'oiseaux. Plus je devenais triste, plus nous passions de temps à contempler les images. Ma petite, quand on aime les oiseaux, la solitude ne pèse pas. Je me suis toujours souvenue de cela. Beaucoup d'années m'ont été nécessaires pour comprendre ce qu'elle voulait dire.

Je crois ne l'avoir véritablement ressenti

qu'après mon installation au cabanon. Parce que c'est à partir de ce moment-là que j'ai eu le don de les convoquer. Toutes les espèces du monde viennent à moi, si je le souhaite. Et les gitanes aussi. Elles dansent dans le cabanon, si joyeusement que les murs en sont repoussés, une féérie, mon cabanon, une féérie ! J'y passerai mes dernières fêtes de Noël, et n'allez pas imaginer que je serai triste. J'aurai peut-être comme chaque année une pensée pour Marie, la vierge à l'Enfant Jésus. Heureusement, j'ai eu de la chance, jamais de sang dans ma culotte. Infertile. C'est ce qu'a expliqué le médecin à ma mère. Cette jeune fille sera dans l'impossibilité de mettre au monde des enfants. Si vous voulez que nous procédions à des examens plus approfondis. Nous en discuterons elle et moi, docteur, elle décidera. Tu parles ! J'avais surpris la conversation, c'est comme ça que j'ai su. J'ai croisé les doigts pour qu'il ne parle pas de ce qu'il avait obligatoirement constaté en m'examinant. Il a été parfaitement discret, motus et bouche cousue. Ma mère n'a jamais abordé le sujet d'examens supplémentaires.

  Anne, vous vous demandez peut-être pourquoi j'ai continué de me rendre chez le voisin quand j'ai atteint l'âge où j'aurais pu m'y soustraire. Je crois n'avoir qu'une réponse : le pli était pris. Je connaissais la chanson par cœur, plus possible de me l'extirper de la tête. Les mauvaises habitudes, les manies, les vices, tout ça va vite, on ne change pas de billet aussi facilement qu'un claquement de doigts. La Marie-Joséphine m'attendait. Ce sera pour mes dix-huit ans. Combien de fois je me répétais cette promesse, à la minute précise de mes dix-huit ans, je pars. Je me languissais, cette fameuse minute de mes dix-huit ans semblait ne jamais devoir arriver. Le jour de ma délivrance clignotait à l'horizon comme un phare lointain. Je m'abimais la pensée à force d'en rêver. J'économisais chaque pièce, chaque billet que me laissaient négligemment des mains d'hommes qui aimaient les petites filles. Et puis, me voilà au cabanon, approchant la centaine d'années. Un certain seuil passé, on ne compte plus. Ah ! sans mon cabanon, ce serait une autre histoire. Mais le Bon Dieu, dans sa clémence, m'a donné le cabanon. À cette époque de l'année, il faut particulièrement se méfier des misérables, car ils sont encore plus dangereux qu'à l'ordinaire. C'est à cause de ces satanées fêtes. Ça leur met le moral à zéro. Je le constate quand j'attends dans le hall d'accueil de l'Association les pieds sont énervés sous leur chaise. Par paire ils se marchent dessus. Le pied droit écrase le gauche. Le gauche écrase le droit. Sans fin et méchamment. Ils sont électriques.

Moi, j'ai l'idée de ne rien regarder d'autre que

le sol sur lequel je pose mes pas. Mais pour ceux dont les yeux sont attirés par les vitrines, par les lampions, par les gens pressés chargés de leurs paquets cadeaux qui font déborder bus et métro, pour ceux-là, c'est une sale période. Ils ruminent. Ils envient. Ils désespèrent. Ça les malmène. Ça les ulcère. Alors, si l'un d'entre eux, si l'une d'entre elles découvrait mon cabanon, je serais saignée comme un cochon. Égorgée dans les règles de l'art. Vous pensez peut-être qu'il y a plus à craindre des hommes que des femmes. Détrompez-vous. Moi, qui connais la vie désormais, je peux vous assurer que non. D'ailleurs, lors de ma course de comète, si je n'étais pas tombée sur le cabanon, Dieu seul sait de quoi j'aurais été capable. J'aurais pu commettre le pire. Dans la limite de mon âge et de mes forces évidemment. Mais je m'y serais employée avec mes moyens. Je suis comme les autres et tous sont comme moi. De cette conscience, j'en ai tiré l'adage, il faut se méfier de tous, de toutes. Pour être exacte, je le savais déjà.

Je danse dans un bol de camomille, ça vous fait les cheveux blonds et la peau douce. Je virevolte sur des feuilles de nénuphar. Une scène spacieuse sur laquelle vous pouvez exécuter le numéro de la danseuse dans sa bouteille de poire. Hop ! Hop ! D'une feuille à l'autre, je franchis des mondes embrasés par la lumière écarlate des fleurs, un soleil de chine. Je me fais évanescente dans les vapeurs des pipes à eau, je crépite sous une pluie de grains de riz. J'éclabousse de bleu pavot mes cils, cela fait un joli reflet sur le trait de khôl. La ligne azur de l'horizon vibre comme une corde de cithare. Je la pince de mes orteils nus aux ongles mignonnement argentés. Hop ! Hop ! Sous mon fard discret et délicat, je bouillonne, mais ne laisse rien paraître. Un léger tremblement des lèvres ? Si minime, personne ne le remarque. Comme j'ai des connaissances, je pépie gracieusement. Je suis une mouette, je suis une mouette. Son couvercle retombe net sur le piano de Nicolas. Le spectacle est fini. Un fiasco rouge sang. Ni queue ni tête. Pourtant, n'ai-je pas bien dansé ? Si, mademoiselle, vous dansez bien. Mais avec vos os si longs, cela ne sera pas facile pour vous. Le monsieur est aimable, il ne parle pas des fesses ni des seins. C'est très clair, je ne suis pas son style, sortir le rouge cerise ne servirait à rien. Je crèche quelque part entre deux rochers. J'écume mes rêves et les tripots. Je remonte les autoroutes du grand large, elles ne me mènent pas à la capitale. Dernière station avant l'Amérique, je suis fatiguée les nuits ont été longues. Et finalement, me voilà à presque cent ans. La dame de l'Association babille, je vous observais tantôt, les jours où vous en êtes en forme, Dieu que vous avez gardé une démarche élégante !

Dans mes nippes grisâtres avec ma tête d'oiseau prêt de crever, elle me fait bien rigoler la dame de l'Association. Je vous remercie, ce sont les pilules, une rose une blanche matin midi et soir. Elle est contente. J'ai eu raison d'insister pour les chaussures, vous avez l'air à l'aise dedans. Oui, tout à fait à l'aise, vous avez raison. Ainsi parée, je pense que je pourrais danser un tango. Je vais toquer aux portes du trente-troisième étage du service gériatrie. Qui sait, je dénicherai peut-être un vieillard qui aura conservé son bandonéon dans la poche de son pyjama ? Tu n'as pas honte de tourner toujours tout en dérision ? Si maman. Si, j'ai honte. C'est une habitude dont je n'ai jamais pu me départir. Remarque bien, elle n'a pas que des inconvénients. Grâce à elle, mes lèvres n'ont jamais perdu les plis du sourire, et mes yeux ont gardé ceux du rire. J'ai croqué tant que j'ai pu dans le rouge cerise des bâtons de rouge à lèvres. Et je n'ai pas dit mon dernier mot, je serai comme une reine le jour de mon rendez-vous. Tous mes oiseaux arriveront à tire-d'aile des quatre coins de l'horizon. Mais, motus et bouche cousue, ne vendons pas la peau de l'ours avant de l'avoir tué. Quelle expression cruelle ! En la prononçant, j'entends se refermer sur moi la porte de la chambre aux volets clos. Bien que le rapport ne m'apparaisse pas entre l'ours assassiné et la chambre aveugle où mon ombre a fait sur le mur ses premiers pas de danseuse dans la lumière vacillante d'une lampe de chevet falote.

Docteure, je ne peux pas vous dire qui tremblait le plus de la lumière ou de moi. En revanche, je peux affirmer qu'il n'y avait pas de descente de lit en peau d'ours. Sa malheureuse défunte ne devait pas aimer les animaux, ou c'est la fourrure qu'elle n'aimait pas ? Je n'ai jamais eu l'occasion de la croiser. Malade depuis plusieurs années, elle ne quittait pas sa chambre. À l'époque où la vieille a eu l'idée de l'assiette de biscuits, elle était morte depuis six mois. Je devais avoir entre trois et quatre ans. Un jour, le voisin, tout en baissant son pantalon, s'est retourné pour ouvrir son armoire. Au grincement de la porte, j'ai failli hurler de peur convaincue que la femme allait en sortir d'un bond pour me serrer à la gorge. Parce que son mari, quand il me recouvrait en m'étouffant, et que j'avais envie de vomir, il me traitait de sacrée polissonne. Alors, certainement la défunte devait être dans une immense colère contre moi qui étais tellement polissonne. Les grincements se sont tus laissant apparaître sur le mur une pieuvre géante. Elle agitait les bras. Ils bougeaient en tous sens en émettant de petits clappements. Le voisin s'est retourné maudissant sa pantoufle dont il ne parvenait pas à dégager son pied pour se libérer la jambe du pantalon. Il était toujours chaussé de pantoufles. Comme je n'osais lever les yeux sur lui, toute ma vie, je reverrai davantage les pantoufles que son visage. Des pantoufles à carreaux gris aux semelles de feutre. Bien sûr, à quatre ans je n'aurais pas pu décrire les pantoufles. Parce que je les voyais sans les voir vraiment, dans mon épouvante tout était trop confus. C'est seulement par la suite que j'aurais pu parler des pantoufles. Mais motus et bouche cousue, n'est-ce pas gamine, tout ça reste entre nous. Le jour de la pieuvre sur le mur, quand il s'est retourné vers moi, il agitait un martinet au-dessus de mon ventre. Il a deviné que je ne pourrais pas retenir mes cris. Il s'est abattu sur moi de tout son poids en couvrant ma bouche de sa main. Mes larmes coulaient. Il a tenté de me rassurer. Petite sotte, ce n'est pas par colère si j'ai sorti le martinet. Tu es encore trop petiote pour comprendre, mais la défunte adorait ça. Crois-moi, en grandissant, toi aussi, tu y prendras gout. Ce jour-là, j'ai reçu une pièce supplémentaire. Je suis restée coincée chez lui le temps que les traces de mes pleurs ne risquent plus de le trahir. À mon retour, la vieille s'est doutée qu'une chose inhabituelle s'était produite. Elle a flairé et reniflé en ne laissant aucune partie de mon corps échapper à ses investigations. D'elle ou du voisin, je ne sais lequel était le plus répugnant. L'odeur de sa transpiration me soulevait le cœur, ses doigts s'agrippaient à moi en s'enfonçant dans ma peau. Pour la première fois, j'ai entendu François grogner. La vieille m'a violemment repoussée. Je vais dire à ta mère qu'elle doit nous débarrasser de ce chien, il est dangereux. Je me suis effondrée en larmes dans les pattes de François sans pouvoir me contenir. Jusqu'à ce que dans mon désespoir, plantant mes yeux dans ceux de la vieille je lui crie à travers mes hoquets, si tu parles de François à ma mère, moi, je lui parle des assiettes de biscuits.

    Je me demande encore aujourd'hui comment m'était subitement venue une telle conscience, et comment j'ai trouvé l'audace de l'exprimer. La vieille en est restée interdite ! Je n'ai revu chez personne un regard aussi haineux, mais sans doute avait-elle bien entendu, car dans les jours suivants, ma mère n'a fait aucune allusion à François. Je ne sais pas ce qu'il me prend de vous raconter toutes ces bêtises, Anne, simplement parce qu'un dicton imbécile m'a amené sur cette pente douloureuse des souvenirs. Il n'empêche, pour mon rendez-vous, j'aurais l'air d'une reine. Tous mes oiseaux accorderont leurs chants, je partirai dans le gazouillement d'une harmonie céleste.

Depuis que vous avez eu la gentillesse de ne pas appuyer sur la sonnette, docteur, lorsque j'attends mon tour pour recevoir les provisions de la semaine, si mes yeux n'ont rien changé de leur habitude et demeurent obstinément fixés aux paires de pieds patientant en même temps que moi, mes oreilles, elles, se tendent vers votre porte. Je guette un indice de votre présence. Êtes-vous là chaque mercredi ? Il me suffirait de poser la question à la dame de l'Association pour être renseignée. Toutefois, elle imaginera aussitôt que j'ai besoin de vous sans que j'ose lui en parler. Cela fera des complications. Seriez-vous de nouveau souffrante, madame François ? Non, non, je vous remercie, le traitement m'a rétablie et je me porte désormais comme un charme. Je doute que mon bredouillement la satisfasse, elle deviendra suspicieuse et à la moindre alerte je la devine capable de me signaler aux services sociaux sans même vous consulter. Docteure, si vous pouviez soupçonner les terreurs dont je suis hantée à peine mon cabanon quitté ! Vous noteriez dans le registre en face de mon nom, femme sénile avec tendance paranoïaque. Mais je connais la chanson. J'ai pris illégalement ce lieu pour refuge, je ne m'en tirerai pas, toute discussion sera vaine. J'imagine déjà un petit article dans le journal. Une vieille femme a été découverte dans un abri de chantier abandonné depuis des années au dos des ateliers municipaux. Cette femme, en état de choc, refuse de parler. Nous ignorons son nom, si elle a de la famille. Impossible de savoir depuis combien de temps elle survit dans cette cabane de tôle glaciale. Une enquête est ouverte afin d'établir si dans les dernières années un signalement de disparition non élucidé permettrait de trouver l'identité de cette personne. Comment est-elle passée inaperçue et surtout comment a-t-elle pu ne pas succomber vivant dans des conditions totalement indignes d'une société comme la nôtre ? Oui, ils oseront tenir un tel discours, pour au bout du compte m'expédier dans un asile. Il se pourrait même qu'ils m'affichent dans le journal. Qu'est-ce qu'ils comprennent ? Je m'arrange de mon cabanon.

Dans un asile, je perdrai le don de convoquer les oiseaux. J'aurai beau les appeler, ils ne risqueront pas une aile dans un hospice. Je pourrai guetter des heures durant les grilles de la cour, pas un moineau ne viendra s'y poser. Ce sera fini les danseuses de flamenco dans le miroitement des flaques d'eau, tapant du pied à faire s'écrouler les bidonvilles. Je ne pourrai plus discuter avec la jeune gitane qui allaite son enfant, et qui a une si jolie robe à pois. Je l'ai rencontrée dans les pages d'un livre sur l'Espagne. À Grenade, il me semble. Elle est photographiée, son bébé au sein, dans un bar rempli de guitares et de claquements de mains, de pieds. Quand je suis en forme, je l'invite au cabanon. Son enfant repu, nous discourons sur son avenir. Elle pense qu'il jouera de la guitare comme son père et son oncle. De grands musiciens. Elle ne voudrait pas d'autre destin pour son fils. Pour la taquiner, je lui dis que l'enfant décidera par lui-même, et qu'elle devra s'accommoder de sa volonté. Elle fait la moue à mes propos, et elle croise fort les doigts pour qu'il choisisse d'être guitariste. Tu verras grand-mère, il jouera si bien, le flamenco montera dans ton corps comme une flamme. En l'écoutant, tu oublieras tes années et tes raideurs. Tu oublieras tes peines et tes regrets, les hommes qui t'ont achetée et ceux que tu n'as pas su désirer. Il jouera si bien, ses notes feront jaillir une source d'amour dans ton cœur asséché. Tu lèveras les yeux sur Manuel, tu te souviens du grand Manuel ? Tu lèveras les yeux sur lui et ton regard sera débarrassé des ronces qui t'ont empêchée de le voir tel qu'il est. Manuel est un homme bon, mais tu as eu peur. Mon enfant jouera si bien de la guitare, pour toi, je souhaite qu'il choisisse d'être guitariste. Ce sera fini d'inviter ma jeune gitane. Elle ne mettra pas les pieds avec son petiot au sein dans l'hospice, elle ne viendra plus me visiter.

C'est vrai, je suis obligée de l'admettre, je me

suis installée clandestinement au cabanon, mais est-ce que j'y gêne une seule âme ? Sans eau, sans électricité, ni chauffage, la société n'a pas le droit de tolérer qu'une vieille femme vive ainsi. Taratata ! Je connais la chanson. Elle a bon dos, la société, quand ça arrange ! Qu'on me laisse où je suis et qu'on accoure au premier coup de sonnette de mademoiselle Sylvestre. Elle vient de glisser de son siège Louis seize par la faute de son médecin. Comme il ne considère pas sérieusement ses insomnies, épuisée, elle dort dans la journée d'un sommeil si lourd qu'elle a confondu fauteuil et toboggan. Le toboggan sur lequel sa maman la juchait avant de se précipiter la récupérer en bas, pour que la jeune mademoiselle Sylvestre ne risque pas de se fracasser les dents de lait dans le sable. Sans somnifères, elle regarde passer les trains la nuit et fait du toboggan sur son fauteuil le jour. Elle a le bassin fracturé. Vite, vite, les pompiers, les ambulances, les blouses blanches ! Il n'y a pas une seconde à perdre, mademoiselle Sylvestre a signé un contrat d'assistance, de sécurité, d'éternité, vous devez accourir chez elle dans les trois minutes. Et fichez-moi la paix avec l'eau, l'électricité, les sanitaires, le chauffage. Ce n'est pas que je refuse que vous installiez ce luxe au cabanon, mais j'aurais peur qu'après l'en avoir doté, vous m'en chassiez. Comme quoi le serpent se mord la queue. Sans un minimum de salubrité, votre morale interdit de m'y laisser vivre alors que je ne dérange personne, mais aménagé sommairement ce serait déjà trop pour me l'abandonner. Quel monde, mon dieu, quel monde ! Allez comprendre quelque chose à ces inepties !

Non, Anne, ce n'est pas pour vous parler de ma santé si je guette votre présence derrière la porte de votre cabinet de consultation. Les beaux jours arriveront, je pantellerai cahin-caha, mais je tiendrai jusque-là. Au pire, si je ne vais pas si loin cela n'est pas grave. J'ai certes le caprice de mon rendez-vous, mais depuis quelque temps un nuage plane au-dessus de moi, et j'ai peur qu'il contrarie ma fête. Ce que je souhaiterais vous demander, c'est de retrouver la petite fille à la salopette fleurie. Elle faisait les cent pas rue de Mésamour. Ça ne s'invente pas un nom pareil ! J'aimerais juste que vous alliez sonner à sa porte pour savoir si la petite aux marguerites est revenue. Comment une vieille avec mon allure pourrait-elle frapper chez des gens ? Qui voudrait lui ouvrir ? Vous pourriez donner n'importe quel prétexte, une personne comme vous ne se fera pas rejeter violemment. Et ne me parlez pas des gendarmes que j'aurais dû prévenir si j'avais un soupçon ! J'ai gardé le cadenas de la petite, je n'ai pas pris la valise bleue. Qu'importe le cadenas, je ne me reproche rien à son sujet. Dans la rue, si l'on trouve quelque chose d'utile, on l'emmène. C'est la loi. Le type de la voiture a balancé la valise par la fenêtre de sa portière, je me suis servie. Ce sont les règles. Mais la gosse ? Ce monsieur était-il le père que l'enfant attendait en faisant des allers et retours sur le trottoir ? Après tout, pourquoi pas ? Si l'homme avait embarqué la gamine dans de mauvaises intentions, il aurait sans doute pris des précautions. Il aurait gardé la valise pour la brûler plus tard dans un coin de la forêt. C'est vrai qu'avec mes idées toujours négatives, comme le disait ma mère, j'ai tendance à imaginer le mal en toute chose. D'autant qu'elle avait une si jolie natte et les marguerites ondulaient gracieusement sur ses jambes. À la voir, le spectre du voisin de mon enfance a surgi dans ma pensée avec autant de présence que lorsqu'il m'apparaissait sur son seuil dans la seconde suivant mon coup de sonnette. Il guettait ma venue, sa main devait déjà être posée sur le verrou pour ne pas perdre une seconde. Je gardais les yeux baissés sur l'assiette de biscuits dont il me débarrassait sans la considérer le moins du monde après m'avoir tirée par le bras pour m'introduire dans son antre. En apercevant la petite sur son trottoir, je me suis retrouvée devant le désir répugnant du voisin ! Je vous le dis, il serait devenu fou en face d'une aussi ravissante enfant.

Heureusement, de m'en entretenir avec vous, docteure, me permet de voir les choses plus posément. J'étais bien près de vous déranger pour rien. Je me sentais coupable. Figurez-vous que moi pour qui m'éloigner de mon cabanon est une torture, je suis retournée plusieurs fois dans cette rue de Mésamour. Au moins trois. Toujours à une heure à peu près identique à celle où j'étais passée le jour où la petite fille avait en tête de partir pour le bord de la mer. Jamais je ne l'ai revue. Pourtant, la maison dans laquelle, je pense, elle habite est ouverte. Je me suis même risquée à jeter un coup d'œil sur le jardin. Pas de chien. Pas de niche. Pas de balle. Pas d'os en plastique. Pas de bout de bois. Non, vraiment, il n'y a pas de chien dans cette maison. D'ailleurs, s'il y en avait un, il aurait accompagné l'enfant dans ses allées et venues sur le trottoir. C'était déjà un gage de garantie pour sa sécurité. Bien sûr, le type aurait éjecté le chien comme la valise, mais l'animal aurait soit couru après la voiture, soit se serait précipité chez lui pour avertir de l'enlèvement de sa maîtresse. La vieille ne manquait pas lorsqu'elle me mettait l'assiette de biscuits entre les mains, de prendre garde à ce que François ne me suive pas. Sinon, il se serait planté devant la porte du voisin et aurait hurlé à la mort le temps où j'y étais enfermée. Forcément, cela aurait ameuté le quartier. La plupart des gens s'en seraient moqués, mais il y a bien une ou deux braves personnes qui auraient été intriguées. Cela aurait peut-être ravivé des souvenirs pénibles chez quelques vieilles. Quoique rien ne dise qu'elles ne seraient pas restées muettes. Quand l'habitude de se taire est ancrée, on pourra vous brûler la plante des pieds avec des tisons rougeoyants, pas un mot ne franchira vos lèvres. Les phrases forment un caillot dans un recoin dissimulé de votre cerveau, des ulcères vous perforent l'estomac, mais aucune parole ne s'échappera de vous. C'est justement parce que je connais la chanson que je me suis sentie coupable pour les marguerites. En y repensant à l'abri dans mon cabanon, j'ai réalisé que j'avais peut-être vu la gamine se faire enlever sans que je pousse un cri. C'est certain, je ne pouvais pas l'empêcher d'avoir envie de partir, j'avais eu son âge, je le savais. Sauf que moi j'avais décidé d'attendre mes dix-huit ans pour filer sur ma ligne d'horizon. Je ne voulais pas prendre le risque d'être ramenée chez moi après une fugue. Un retour entre deux gendarmes, je m'en serais tuée. Je suis solide, j'ai enduré et trouvé la force de patienter. J'ai fini par concevoir d'amasser les deux ou trois pièces pour ta tirelire gamine jusqu'à mes dix-huit ans. Et j'ai même eu l'idée du rouge cerise pour pouvoir en gagner davantage. Des pièces, des billets. J'en voulais toujours plus. Le fil d'horizon bleu azur est loin, il faut des pièces, des billets en multitude. Si lorsque le voisin me remettait les premières pièces je ne comprenais rien, par la suite je leur ai trouvé leur destination. Moins je parvenais à avaler de nourriture, plus au contraire, j'avais de l'appétit pour des pièces et des billets. Docteure, qu'y pouvons-nous ? Quand on est jeune et que l'on s'imagine connaître la chanson, ça tourne en boucle sous votre crâne ! Les petites marguerites n'auraient rien eu à faire des péroraisons d'une telle rabat-joie. Je le savais d'expérience. Enfin, je suis quand même soulagée que toute cette histoire ne relève que du délire de mon vieux front corrompu. Pourtant, cela vous coûterait-il de sonner un soir à la porte prétextant une panne de votre téléphone portable alors qu'il vous faut absolument joindre quelqu'un ? Comme cela, on en aurait le cœur net. Rassurez-vous, madame François, la petite fille était bel et bien attablée avec ses parents. Vous ne regretterez pas de l'avoir vue, elle est si mignonne.

De quel bois sommes-nous faits, docteure ? À l'orée de ma mort, qu'est-ce qu'il m'arrive que je me soucie de cette enfant ? Si je n'avais pas trouvé le cadenas de mon cabanon, moi-même, je me demanderais si je n'ai pas fabulé de A à Z l'histoire. Pourtant, contre toute raison, je suis sens dessus dessous. Terrée dans mon refuge, il ne se passe pas un jour sans qu'une envie frénétique de hurler s'empare de moi. Une louve dépossédée de ses louveteaux. Pour la bête, ses lamentations sont compréhensibles. Mais moi, de quoi s'agit-il ? Les crises de suffocation, mon cœur et ses battements précipités, mes entrailles comme si elles baignaient dans un bain d'acide ? Je balbutie, je morve, je tremble, ça dure des heures. J'ai presque cent ans, alors quelle épouvante me jette dans un tel état ? Dans ma vie, j'ai passé l'horizon dans un sens puis dans l'autre. Comme on traverse une vitre. Des éclats de verre sont plantés dans tout mon corps, mais je n'en suis pas morte. Et à l'approche de mon ultime rendez-vous, au seuil de la paix, voilà le diable qui m'empoisonne le sang. Comme s'il se vengeait maintenant pour celui que de toute ma vie de femme je ne lui ai pas versé mensuellement. Il faut s'acquitter de son dû, ma cocotte. Qu'est-ce que tu crois ? Que j'allais t'oublier ? Dire que je pensais avoir payé mon tribut et que j'espérais finir mon terme au cabanon !

Nous avons rendez-vous auprès de la Marie-Jeanne, non, c'était la Marie-Joséphine, comme la mémoire est infidèle, docteur ! Infidèle et trompeuse. Devant la Marie-Joséphine, pour sceller notre pacte j'effleure son épaule de ma main osseuse aux longs doigts secs. La main que vous voyez là. Ai-je eu réellement besoin de la toucher ? Nous communiquons sur le mode de la suggestion mentale un courant d'onde circule dans l'entre-deux impalpable des années qui nous séparaient alors. Elle a frémi et eu la sensation qu'une pointe de feu pénétrait sa chair. C'est ainsi que s'est matérialisé son éclair de prescience. Mon intention n'était pas de la blesser, mais de la mettre en garde. Perdue dans mes songes en rêvant pour la énième fois devant la Marie-Joséphine, j'ai éprouvé une douleur subite dans l'épaule, ou peut-être la pointe du cœur. Une brûlure. Je me suis retournée vers les bancs. Ce jour-là, seule présente dans la chapelle la vieille au cabas déchiré. Assise absorbée dans ses pensées, rien n'indiquait qu'elle s'était levée une seconde de sa place. Je l'ai rejointe. Vous avez des chats, madame ? On dit qu'ils sont guérisseurs, vous atteindrez les cent ans. Marguerite, petite fille, n'ironise pas, tu ne blesses que toi. Apprends à te considérer un peu, entend la musique de Manuel. Ses yeux étaient deux lacs. Il voyait des choses indicibles, c'est pourquoi ses doigts les traduisaient en notes. On pouvait l'écouter la nuit entière le cœur chaviré. Non, je me trompe à nouveau, docteure, je n'ai pas pu lui parler de Manuel, parce que c'est la jeune gitane qui l'a rendu à ma mémoire. Il était enfoui dans un des rouleaux des années, mais je l'en ai extrait il y a peu seulement. En revanche, je me souviens, nous avons causé du Jardin fleuri. Une métaphore. En effet, elle manquait encore d'expérience, aussi dans certaines situations, on ne peut que louvoyer. C'est sûr, une maison en face de chez soi aux volets toujours clos, c'est du vécu, je ne dis pas le contraire. Mais c'est un vécu trop lourd, il égare. C'est pourquoi il faut biaiser avec les mots et faire appel aux métaphores. Elle a compris : doryphore au lieu de métaphore. Nous avions des doryphores sur les pommes de terre chez mamie Marcelle, on les mettait dans une bouteille. Sinon, on pouvait dire adieu à la récolte. J'ai caressé la tête de François pour chasser la tristesse provoquée par le souvenir de mamie Marcelle. Elle était tout à fait décidée à embarquer sur la Marie-Joséphine. Auquel cas, puisque nous avions nos billets en poches, il ne restait plus qu'à monter à bord. Je me suis glissée dans l'espace que laissaient libre des ovaires dont le développement avait été contrarié, je me suis installée pendant qu'elle prenait possession de sa cabine. Ni vue ni connue. Chaque année la menait à moi, je la laissais venir. Docteure, dès lors que mes prémices étaient en germe, j'étais décidée à sauver ma peau, vous pouvez le comprendre n'est-ce pas ? Toute en os, les cheveux libres, une vraie petite sirène. Vogue, vogue le navire. Pour moi, c'était farniente. Regarder l'azur à l'horizon en remuant doucement mes orteils dans le sable humide. En une ou deux occasions, j'ai essayé de la tirer par la manche la marée remonte, Marguerite, éloigne-toi, tu vas te faire happer. J'ai bien vu que c'était peine perdue. Pour le reste, je me suis tenue tranquille, elle n'était jamais indisposée. Je ne me suis jamais épanchée pas la moindre trace de sang. La plupart en auraient été désespérées. Elle, non. Ma différence négative ne me pèse pas grand-mère, quelles complications si un rejeton accidentel nous tombait dans les bras ! L'amour ne croise pas dans notre ciel. Dans le nôtre, il pleut des étoiles scintillantes sur mon ciré, hop ! Hop ! Les piécettes entaillent mes arcades sourcilières quand elles sont jetées durement. Savate ! Je mets de l'arnica, je suis solide, je plonge dans la vague, les blessures se brûlent au sel de mer, c'est un cicatrisant parfaitement naturel. Ça tangue la nuit sur le fil de l'horizon, accrochons-nous aux lampions ! Creuse, bon chien, creuse, on va recouvrir la dame de terre, de sable, d'or.

    Par exemple, je n'ai rien pu faire pour la sauver du mal qui la taraudait au point qu'elle entreprenne de revenir ici ! À cette époque, entre elle et moi la distance s'amenuisait. Toujours toute en os, mais déjà quelques rides au coin des yeux. J'ai été fortement contrariée par sa décision. Je ne me voyais pas finir à l'étroit dans un ciel d'immeubles. J'avais pris l'habitude du cri des goélands, je bavardais volontiers avec eux pendant de longues séances. Alors, l'idée d'être rapatriée loin d'eux ne m'enchantait pas du tout. C'est arrivé subitement une nuit de fatigue. Elle avait passé sa journée à lire plus ou moins. Je dis plus ou moins, parce que de toute évidence, elle n'était pas à sa lecture. Elle reposait son livre après trois ou quatre pages parcourues et s'en allait se perdre devant la fenêtre. Des bateaux quittaient la rade, d'autres rentraient. Une jolie vue, je n'avais pas du tout envie d'en être privée. Elle a fait une crise. Elle s'est plantée face au miroir de l'armoire de la salle de bain. Après s'être considérée plusieurs minutes, elle a ouvert la porte derrière laquelle se trouvaient les bâtons rouge cerise. Il y en avait quatre ou cinq, si ma mémoire est bonne. Elle a commencé par s'en écraser un sur le visage, puis le second, et ainsi de suite, tous y sont passés. Elle pleurait riait criait. Un triste spectacle. Dans cette période, la cagnotte ne débordait pas de piécettes. Il faut dire que depuis quelque temps elle ne mettait plus beaucoup de cœur à l'ouvrage. Alors forcément, les projecteurs des phares de voitures scintillaient moins sur son ciré. Ses semelles se faisaient plus lourdes sur les pavés mouillés d'embruns. Elle soliloquait comme une pocharde tandis qu'elle s'écrasait hargneusement les tubes de rouge cerise sur la figure. On va aller voir si ce salaud vit encore. Le petit voyage nous prendra quelques jours, mais il faut que je le sache. Je veux aussi aller nettoyer les orties qui ont dû pousser sur la tombe de François. Est-ce que je retrouverai seulement l'endroit où le trou a été creusé ? Si ça avait été en mon pouvoir, j'aurais comme lorsque nous étions devant la Marie-Joséphine posé ma main sur son épaule qui sait, la secousse lui aurait peut-être fait reprendre son esprit ? Mais la distance qui nous séparait était devenue trop faible, le temps des intuitions était passé, celui du doute était venu. Je ne dis pas qu'elle se mentait délibérément en envisageant un voyage express, mais quand même, le ver rongeait le fruit. Quand elle s'est mise à rédiger la lettre de résiliation du bail de notre logement, j'ai perdu tout espoir. On a vieilli de quinze ans en trois minutes. Elle n'avait plus un âge où l'on peut se permettre impunément un caprice. En montant dans le train, je savais que c'était pour un aller simple. Elle serrait fort dans sa main le galet qu'elle était allée prélever sur la plage quelques heures avant le départ. Quand elle a tendu son billet au contrôleur, elle n'a pas levé les yeux sur lui. Moi, tapie à ma place dans son ventre, je pensais à tous les contrôleurs avec lesquels elle s'était laissé jouer la chanson. Hop ! Hop ! Petite demoiselle, si vous n'avez pas de billet, qu'à cela ne tienne, on va arranger ça dans le wagon des bagages. Mais motus et bouche cousue. Si je vous y mène, c'est par gentillesse pour ne pas être obligé de vous faire descendre. Pour cet ultime voyage, on possédait tristement le billet, l'appareil a mordu dedans. Clic. Un poinçonnage en règle.

Mercredi dernier, j'ai remarqué une paire de pieds qui semblait se présenter à l'Association pour la première fois, chaussés de baskets noires en toile. Les deux pieds se tortillaient et s'enroulaient l'un autour de l'autre comme un lierre sur sa branche. Les baskets n'avaient pas un air de récupération. On voyait qu'elles n'avaient pas connu les flaques d'eau, les gerçures, les engelures. On imaginait des pieds propres à l'intérieur aux ongles soignés. Bien que ce genre de chaussures soit unisexe, je penchais pour des pieds d'homme. Certes de petite taille, mais d'homme. Arrivant au ras des baskets, deux jambes de velours rouge cardinal. Leurs bas ornés d'une bordure de toile fleurie de marguerites. Je n'aurais pas eu l'idée que l'on puisse rencontrer quelqu'un portant un tel vêtement à l'Association. À l'heure où je m'y rends, dans l'ensemble tous les pieds ont grimpé jusqu'à la cinquantaine. Si par hasard il y a un jeune enfant, c'est que sa grand-mère en a la charge et qu'elle a dû l'emmener pour qu'il ne reste pas seul le mercredi après-midi. Les fleurs de marguerites sur le bas du pantalon n'ont pas manqué de produire leur effet sur moi, ravivant des plaies dont je n'espère plus qu'elles cicatrisent proprement. Avec mes dizaines d'années déroulées derrière moi, cela n'empêche pas que je me laisse parfois rattraper par certains tristes événements de mon passé. Sur ma chaise, les yeux fixés sur les marguerites, j'avais cinq ans, j'avais six ans. Pourvu que personne ne s'en rende compte ! D'une paire de pieds quarante-six au minimum est sorti un gros rire parfaitement vulgaire. Mon premier réflexe a été de penser que j'étais l'objet de cette hilarité. Mais non, c'était la platebande de marguerites qui l'avait déclenchée. Hé le pédé, tu n'auras pas remarqué qu'on était en hiver ! Tes fleurs ne sont pas de saison, tu vas les faire geler en les promenant par ce temps. T'as emprunté ça à ta sœur, mon gars ! Les baskets ne répondaient pas. Je m'interdis de lever les yeux sur quiconque est assis en même temps que moi dans le hall de l'Association, mais dans la circonstance j'avais du mal à ne pas enfreindre ma règle. Ces deux rangs de marguerites sur les revers du pantalon rendaient mon cœur douloureux. La dame de l'Association a d'abord toussoté en espérant calmer l'affaire. Elle a dû finir par gronder le type aux grands pieds. Monsieur André, ici, nous sommes entre gens corrects, si vous voulez votre cabas, il faut vous tenir tranquille et laissez ce jeune homme en paix. D'ailleurs, venez, je vais vous servir. Les autres pieds ont un peu protesté. Une dame a dit d'une voix aigre, si la grossièreté suffit pour gagner la priorité, chacun peut s'y mettre ! Madame Léonie, soyez gentille, nous sommes dans une Association d'entraide, respectons-nous les uns les autres. Madame Léonie a bougonné quelques mots puis on ne l'a plus entendue. Monsieur André a reçu son cabas. À la surprise de tous, les marguerites se sont levées pour sortir presque immédiatement après la disparition de monsieur André. Les discussions sont allées de bon trait dans le hall de l'Association. Chaque paire de pieds avait son idée sur ce qu'il venait de se passer et aussi sur ce qui allait s'ensuivre dehors. Dans un lieu de charité, chacun connaît la chanson. Enfin, chacun connaît sa chanson personnelle. Il serait tentant de penser que pour beaucoup d'entre eux après avoir chanté tout l'été ils arrivent fort dépourvus leur bel âge révolu. Une vieille telle que moi se taira sur le sujet. Pour la plupart, ils ont mené l'existence qu'ils ont pu, en mal, en bien, et les voilà là. Ils préféreraient occuper le fauteuil aux pieds chantournés de mademoiselle Sylvestre, mais la vie emprunte la route qu'elle peut. Avec trois sous ils achètent un billet de loterie, leurs numéros ne sortent pas, ils tenteront de nouveau leur chance au prochain tirage. En les écoutant, je comprenais que le garçon aux marguerites devait être âgé d'une vingtaine d'années et que ses cheveux étaient probablement teints ainsi que sa moustache. Ça, je ne l'aurais pas deviné aux pieds, et je n'aurais pas pensé non plus à la moustache. Comme quoi ! Je n'ai pas mêlé ma voix à leur chorale, mais tout comme eux j'avais trois petites notes de musique qui se sont mises à tourner dans ma tête, ça chantait la complainte du rouge cerise.

Monsieur André, la main gauche dans sa poche accorde son bâton de rouge. De la droite, son cabas pend. Il sait que le petit va sortir. Sur mes talons, sur mes talons, il va sortir. Le voilà, frêle, qui apparaît. D'un clin d'œil, ils se mettent au diapason. Leurs paires de jambes s'emboîtent le pas. Le cabas pour la semaine bat la mesure, les pieds sont dans le rythme. Les grands dans leur cadence, les mignons doubles crochent pour suivre. Hop ! Hop ! Sont avalés par la bouche noire du souterrain. Les voilà tous les deux dans un renfoncement. À peu près dissimulés. À peu près dissimulés. Je t'appellerai Joana. Moi, c'est Luc. Lucas, pour les potes. Tiens, Joana, prends-moi ce cabas le temps que je me fasse belle pour toi. Que je me fasse belle pour toi. Les lèvres rouge cerise écarlatent dans la grotte comme un feu en pleine mer. Y'a d'la houle sur nos vies, mais tout de même, on n'est pas des chiens, qu'on ne se paie pas un peu de coquetterie de temps en temps. Maintenant qu'il s'est fardé, voilà Lucas tout adouci. Tout adouci, qui joue la comédie. Débarrassez-vous de votre cabas, mademoiselle. Les lèvres cerises pulpent d'émotion. Les marguerites se demandent à quelle sauce elles seront mangées. À quelle sauce elles seront mangées ! Pourtant sous leurs pistils, les voilà rassurées lorsqu'elles voient le clown se grimer. C'est un clown, il ne me broiera pas les bras, il a l'air triste avec ses lèvres cerises. C'est un pantin, il veut se faire cajoler par une marguerite, c'est tout. Cajoler par une marguerite. Le pantin danse d'un pied sur l'autre à côté de son cabas. De ses grosses mains, il se débraguette. Les marguerites se tiennent sagement immobiles. Son affaire déballée, le pantin fait s'agenouiller les marguerites devant lui. Ni une ni deux, l'enfant connait la chanson de ses lèvres aux fines moustaches, il happe la tige. Luc râle en dégorgeant fissa dans la bouche de Joana. Hop ! Hop ! Fissa dans la bouche de Joana. Le travail terminé, Joana se relève, les marguerites toutes souillées de poussière. Combien me donnerez-vous ? Qu'est-ce que tu penses que ça vaut ? C'est à vous de décider. Qu'est-ce qu'on te donne d'habitude ? Je ne sais pas, ça dépend. Parfois, on m'offre un coup à boire, d'autres fois une place de cinéma, une fois un téléphone portable, le plus souvent de l'argent. Mais je ne fais pas ça tout le temps. Le clown réfléchit, je n'ai pas d'argent, mais j'ai un billet de train, ça t'intéresse ? Un billet de train, monsieur ? Oui, exactement, un billet de train. D'accord, monsieur, pour le billet de train. Tu ne demandes pas la destination ? Non, monsieur, elle m'est égale c'est partout pareil. Dans ce cas-là, pourquoi acceptes-tu le billet ? Je le revendrai, monsieur. Et qu'est-ce que tu feras de l'argent ? Je m'envolerai, monsieur, je m'envolerai. Une dernière chose, Joana. Prends mon mouchoir, mouille-le de ta salive et essuie mes lèvres. Après tu t'envoleras. Tu t'envoleras. Les marguerites ont fait ce que monsieur André lui demandait. Le clown avait l'air triste, le jeune lui a frotté gentiment les lèvres. Ils sont sortis du souterrain chacun par un bout. Le clown, son cabas pour la semaine à la main, s'est retourné, l'autre, son billet de train dans la poche, non.

Le plus bête dans l'histoire, docteur, c'est qu'après avoir tourné le dos à l'horizon pour revenir ici, elle ne s'est pas précipitée pour aller vérifier si la maison d'en face à la chambre toujours close était inchangée. Elle nous a loué un appartement étriqué donnant sur une cour sinistre dans un quartier voué à la démolition. Si vous saviez comme le ciel me manquait ! Pour un peu, si j'en avais eu la possibilité, je me serais installée chez n'importe qui d'autre. Des femmes promises à une vieillesse misérable sont nombreuses, je n'aurais pas eu à chercher beaucoup. Il s'en serait surement trouvé une sans perspective prête à héberger en elle une pauvre petite fleur de grand âge. De toute façon, elle avait passé la période de saignements. Mon espace intérieur qui n'avait jamais été un cocon s'était encore considérablement asséché. Je commençais à broyer du noir. Malheureusement, on ne remonte pas le temps, personne ne peut s'offrir une seconde jeunesse. Mon heure n'était plus loin de sonner, la vieillesse ne se diffère pas. D'autant qu'elle en mettait un sacré coup pour en accélérer la marche. Pendant d'interminables journées, j'essayais de discuter avec le galet. Il était affreusement taiseux, morose lui aussi. Elle avait racheté quelques livres, il était posé à côté de Virginia Woolf, « Les vagues ». Franchement, cela ne lui parlait pas à ce pauvre galet. En à peine quelques semaines, l'éclat de son gris s'était terni, et vous pouviez toujours frotter votre joue contre la sienne, plus rien ne palpitait dans ses veines. Elle et moi, nous n'étions plus séparées que par quelques wagons. Le dimanche matin, nous allions au marché aux chiots. Il est arrivé une ou deux fois qu'elle s'arrête longuement devant l'un d'entre eux, tout près de se décider à rentrer avec lui. Et puis non. Mon bon chien François est-ce que je retrouverai seulement l'endroit où tu as été enterré ? Tu étais fauve comme le feu, et doux comme personne à la maison. Mon bon chien, mon ami. Nous restions plantées là. Les vendeurs remballaient leurs caisses. Nous demeurions sur la place déserte. C'était terrible de ressentir ce vide autour d'elle. Il est arrivé que le soir tombe sur nous sans qu'elle s'en aperçoive. Ce n'est même pas qu'elle pleurait. Parce que les lamentations, on ne peut pas dire que c'était dans ses habitudes. Finalement, nous rentrions. Ça a été une période affreuse. J'ai craint d'y passer, docteure. Partie comme elle l'était, je la voyais capable de n'importe quoi. Sauter d'un pont dans le fleuve, se jeter sur les rails du métro, se coucher sur la voie ferrée. Enfin, les moyens ne manquaient pas de me zigouiller avant terme ! Je crois que ce qui la retenait malgré tout, c'est qu'elle n'était pas encore allée s'assurer de la maison d'en face. Les volets d'une des chambres continuent-ils d'être clos ? Ce salaud vit-il toujours ? Concernant la grand-mère, ça, on le savait, elle était crevée depuis belle lurette et les pastilles de Vichy devaient être toutes collées entre elles. Mais lui, avait-il trouvé une autre gamine à croquer ? Des fois ça la prenait, elle sortait un bâton rouge cerise et elle s'en mâchurait les lèvres. Je ne dis pas que ça ne marchait plus, il finissait toujours par passer dans le secteur un vieux dégueulasse qui avait envie d'entendre la chanson. Mais, docteure, je peux vous le dire, je n'étais pas fière dans ces occasions-là. Elle nourrissait une si violente aversion pour elle-même, rien n'était assez abject pour se punir. Je ne peux même pas vous raconter, docteure, car à la fin j'ai abandonné. À ma place des ovaires atrophiés, je me suis recroquevillée tel un fœtus. Tournée sur l'intérieur, avec tous mes sens en sommeil, j'ai fait la morte. Combien de temps ? Je ne sais pas. Jusqu'au jour où j'ai couru comme une comète. Oui, c'est vraisemblable. Ne me demandez pas si cela a duré quelques mois ou quelques années. Je n'en ai pas la moindre conscience. Je trouverai peut-être des éléments de réponse dans la ceinture des années, mais, franchement, mon rendez-vous approche et je n'ai nulle envie de consulter ces rouleaux-là. Qu'ils demeurent en hiéroglyphes indéchiffrables quelque part dans un repli de ma peau. Je n'ai qu'elle sur les os. Toute en longueur, sans fesses, sans seins, mais avec les lèvres cerises. Tiens, trois pièces pour ta tirelire, grand-mère, mais motus et bouche cousue, cela reste entre nous. Le temps nous précipitait l'une vers l'autre. En quasi-hibernation, je ne pouvais que laisser faire. Elle n'ouvrait plus la boîte aux lettres, ne payait aucune facture. Elle se contentait d'aller toucher une petite pension mensuelle à la poste du quartier. Elle dépensait si peu, la plupart du temps, tout n'était pas mangé le dernier jour du mois. Cependant, cela n'aurait pas suffi pour regagner la ligne d'horizon. À supposer qu'il y ait assez d'argent pour le voyage, à l'arrivée il aurait été impossible de se loger. Et il n'était plus question de danser! Le ciré avait trop de déchirures et de taches de graisse, les étoiles ne le faisaient plus scintiller. Non, vraiment, tout cela était lamentable. J'étais presque soulagée que François soit mort depuis longtemps, parce que cela n'aurait pas été une vie pour lui. Et soulagée aussi que mamie Marcelle ne puisse pas voir ce que nous étions devenues. Elle nous avait donné tant d'amour, elle aurait été au désespoir de nous savoir traîner ainsi. Plus aucun rêve ne sillonnait notre ère. Les grelots du rire avaient perdu leur sonnette, quant aux sourires, ils ne venaient plus s'amarrer aux lèvres qui finissaient par se craqueler. Ce salaud vit-il toujours ? Mais Bon Dieu, qu'attendait-elle pour aller vérifier sur place ? C'était certain qu'il ne pouvait plus être en vie. Pensez-vous, lors de la première assiette de biscuits, elle devait avoir entre trois et quatre ans des années s'étaient écoulées ! Il n'y avait vraiment aucune possibilité qu'il soit encore vivant, il ne pouvait pas même croupir au fond d'un mouroir. Il n'y a plus aucun témoin. Qui me croirait aujourd'hui ? Et si j'avais tout inventé ? Moi, je savais qu'il n'en était rien, et pire, une partie avait été estompée. Sans ça, il aurait été impossible de prendre son envol avec les ailes aussi lestées de plomb. Il aurait été impossible de gravir la côte des Carmes déchaussés avec ce poids gisant dans le cœur. Impossible de rêver d'embarquer sur la Marie-Joséphine. Il lui avait fallu enfouir le plus insoutenable. Et c'est ce qui l'avait peu à peu rattrapée. Sous l'eau croupie de la mare aux souvenirs, des fragments refaisaient surface en réclamant leur dû, avec les intérêts, s'il vous plaît ! Ils ne se présentaient pas avec un visage clair, mais avec les traits défigurés de ceux qui croisent dans l'épouvante des ténèbres. Placée devant l'indicible, elle s'est mise à douter. Pourquoi la vieille aurait-elle été si cruelle avec moi ? Pourquoi maman ne m'aurait-elle pas aimée ? Et si j'avais tout fabulé ? Est-ce que ce n'était pas plutôt moi qui étais mauvaise ? Est-ce que je n'étais pas une simple petite putain dès mon plus jeune âge ? Est-ce que je n'ai pas préféré me vendre au lieu d'aller à la faculté pour m'assurer un travail, un avenir ? N'étais-je pas une fainéante invétérée ? À ce jeu des questions, docteure, on ne gagne jamais, vous devez le savoir mieux que moi. On finit par glisser sur la pente noire, comme au sport d'hiver. Plus ça descend dangereusement, plus on est grisé. C'est fatal, on se fracasse à l'arrivée. Je dois lui concéder, elle m'a épargnée. Au moment où elle semblait au fond du désespoir, elle s'est de nouveau plantée devant le miroir pour me tenir le discours final. Te souviens-tu de la vieille au cabas déchiré rencontrée le jour de mes quatorze ans à la chapelle ? Nous avions parlé du Jardin fleuri. Pour moi, c'est comme si la discussion datait d'hier. Tout est resté gravé dans ma mémoire. Sa crasse, sa tête d'oiseau prêt à crever. Les cheveux coupés à la diable le plus court possible. On ne pouvait deviner de quelle couleur ils avaient été. Ni s'ils étaient raides ou frisés. Quand elle a quitté la chapelle, je l'ai suivie. Je voulais connaître l'adresse du Jardin fleuri. Je m'étais promis de m'en souvenir pour plus tard. Alors, écoute et enregistre. Elle est redescendue dans la basse ville. Elle a longé le fleuve, qu'elle a traversé par le pont Octavien. Elle a pris le boulevard qui mène au grand cimetière. Ensuite, elle a bifurqué sur le quartier Mirepoix, elle est passée devant la caserne centrale de gendarmerie, elle a tourné trois rues plus loin, celle des Feuillantins. Elle a contourné le terrain des ateliers municipaux. Au bout d'une impasse, à ma surprise, elle s'est faufilée à travers une épaisse haie d'épines. Il y avait un trou qui ne pouvait guère laisser s'y glisser plus qu'un chien de la taille de François, et encore, en y accrochant des poils. La haie était si dense qu'on ne soupçonnait pas le monticule de gravats derrière elle. Elle s'est enfoncée dans ce tunnel. Je l'ai suivie sur une vingtaine de mètres. Là, il y avait une minuscule clairière où était abandonnée une vieille cabane de chantier adossée au hangar des ateliers techniques. Elle était arrivée au Jardin fleuri. Je vous l'ai déjà dit, Anne, la vie était devenue à ce point insupportable, je m'étais mise en état de veille. Aussi, dans cette période de débâcle, ne me demandez pas de vous dire avec précision quand s'est présenté à la porte le monsieur venant l'avertir qu'elle devait avoir libéré les lieux sous trois jours. Ce dont je suis certaine, c'est qu'en se plantant devant le miroir, lorsqu'elle a énoncé à haute voix l'itinéraire pour se rendre au cabanon, elle était en train d'ouvrir la cage de l'oiseau qui sommeillait en elle depuis l'époque de la Marie-Joséphine. La suite de notre périple tenait en deux phrases. Pour moi, c'est fini. À ton tour, moineau, d'achever seul le parcourt. J'ai couru comme une comète, ma ceinture des années enroulée autour de mon ventre. Quand je me suis réveillée, j'étais au Jardin fleuri. Je venais de naître à la vieillesse. J'ai fait de même que tout le monde, mes premiers pas étaient vacillants, puis je me suis adaptée. D'ici peu, l'été arrivera. Avec lui, l'heure de mon rendez-vous. Ce sera le jour du soleil le plus haut.

Aux premières lueurs, je sors du cabanon. Cette dernière journée, je la passerai à tresser des guirlandes. J'installe des lampions, j'arrange des bouquets de fleurs. Suivant une antique géométrie, j'ordonnance des dalles de pierres blanches que j'époussette au moindre grain de poussière. Afin que l'œil s'y promène avec ravissement, je ponctue le dédale avec de larges vasques de marbre poli où flottent des nymphéas. Je plonge sous l'eau pour démêler leurs racines, je les peigne et je les noue. Dans leurs méandres, j'entrecroise des chemins destinés aux trains de poissons rouges. L'astre progresse dans sa course, il est l'heure pour moi d'aller bichonner les quatre chevaux bais qui mèneront l'attelage. Je lustre leurs sabots, je natte leurs crinières à l'espagnol. Voilà mes nobles bêtes, mes solides limoniers, galopant à l'envi sur la plage, des perles de sueurs luisent sur leurs robes. Sur des kilomètres de sable, leurs pieds laissent l'empreinte d'un entrelacs de signes. Il est question des premières aubes, d'une lune impubère, d'un soleil mâle portant l'enfant Feu dans sa cuisse, d'une jeune Vénus au corps alangui reposant entre les ailes d'un cygne, d'une vie d'avant l'humanité. Au moment où les hommes naissent sous leurs sabots, je ne parviens plus à tout saisir, car les vagues recouvrent les signes au fur et à mesure qu'ils les tracent. Je me dis qu'à des années-lumière d'ici se trouve peut-être un visage capable d'embrasser d'un seul regard la phrase. Celui-là comprend sans doute, mais je n'ai pas envie de détacher mes yeux de l'horizon pour vérifier. Le temps de comprendre est passé pour moi. Je n'ai plus à me soucier des volets clos, des pastilles de Vichy, des ombres sur le mur la petite, apeurée, et la grande qui la couvre et la déchire. L'obscurité tombe sur tout cela, demeure la lumière. Dans un rayon, voilà François qui m'apparait ! Mon bon chien, mon François ! Il sort d'un naseau dilaté du cheval menant la course. Je savais bien que tu serais venu ! Et voilà encore mes oiseaux ! Toutes les variétés se sont donné le mot, pas une espèce ne manque. Ils arabesquent des arcs-en-ciel, j'en aurai pour l'éternité à monter et à descendre le long des arches. Mes semelles légères, légères. Et enfin, voilà ma jeune gitane avec son petiot au sein ! Au moment où les quatre chevaux passent auprès d'elle, la gitane dépose l'enfant sur le dos du deuxième. L'enfant se tient debout, il a une guitare, il joue. Ses doigts égrènent une aria. Il rit en jouant parce que c'est si facile pour lui de faire chanter sa guitare. La gitane se tourne vers moi, je te l'avais dit grand-mère, mon enfant sera guitariste. Il a reçu le don de la musique. Débarrasse-toi de tes guenilles, elles t'étouffent. Laisse les bulles d'air entrer par ta peau jusqu'au cœur. Tu verras, on ne souffre pas en mourant sous la caresse du soleil. Et voilà Manuel. Tu es nue, grand-mère, n'aie pas honte de ta nudité de vieille femme. Manuel aussi a vieilli. Est-ce que les vieillards ne pourraient pas s'aimer d'amour ainsi que de jeunes amants ? Vous êtes nus tous les deux, innocents pour écouter la berceuse de la mort. Elle est douce, douce. Du temps où tu vivais, tu as refusé de couper les ronces qui encombraient tes yeux. Manuel a essayé de te rendre ton regard clair, tu t'es enfuie. De quoi avais-tu peur ? Tu lui as griffé le cœur, il aurait pu te sauver. Qu'importe, l'heure n'est plus aux regrets. La musique ne regrette rien, il y a toujours une note pour prolonger la précédente. Manuel a délié sa peine sur sa guitare, mais il ne t'a pas oubliée. Quand les chevaux auront bien galopé, quand ils seront un peu moins fringants, accroche-toi à la crinière du troisième et saute sur sa croupe. Pour votre voyage de noces, dans l'éclair de votre dernier souffle, Manuel t'offre le tour du monde. N'aie pas peur, tu ne risques pas de tomber, il tiendra ses bras enlacés autour de toi. Tu sentiras sa nudité contre toi, ne trembles pas. Garde les yeux ouverts quand tu t'approcheras du soleil. Laisse-toi éblouir, laisse-toi émerveiller, laisse-toi brûler, laisse-toi crier, laisse-toi aimer. Simplement. Le vent chevauche le quatrième cheval. Il porte dans sa joue une âme rabougrie, desséchée, rendue amère par la tristesse.

Il va la suspendre à l'air sur la ligne d'horizon afin qu'elle retrouve sa souplesse et qu'elle puisse s'épanouir au moment d'être accueillie par la mort. Une corole ouverte, un tendre berceau. Des draps frais pour que s'allonge la vieille femme qui n'a pas pu grandir. C'est fini grand-mère, c'est fini. Sois en paix. Repose-toi. D'ici que quelqu'un vienne au cabanon, tu te seras envolée en poussières, déposée sur l'horizon bleu.

Marie Gerlaud est née en 1964, elle vit en Bretagne. Après une formation de comédienne au Théâtre École de Lyon, elle a dirigé pendant de nombreuses années la Compagnie Athanor et a créé le théâtre de la Petite Forge à Port-Louis (Morbihan). Aujourd'hui, elle se consacre essentiellement à l'écriture.